DICK HASKINS
Stürmische Nacht

*Wer Goldmann Kriminalromane liest,
zeigt, daß er auf Niveau achtet.*

Von Dick Haskins
sind bisher erschienen:

Ein absolut sicheres Alibi. 2018
Appartement Nr. 15. 2021
Der Bankier läßt bitten. 1293
Das goldene Feuerzeug. 2054
Die heisere Stimme. 2072
Die Lücke. 2001
Das Mädchen aus der Bar. 2009
Mädchen und Morde. 3293
Party bei Morgan. 2090
Die Premiere wird verschoben. 2040
Stürmische Nacht. 4192

DICK HASKINS

Stürmische Nacht

LABIRINTO

Kriminalroman

WILHELM GOLDMANN VERLAG MÜNCHEN

KRIMI VERLAG AG WOLLERAU/SCHWEIZ

Die Hauptpersonen des Romans sind:

Paul Walker	Kriminalschriftsteller 32j., 1M80
Sir Roderic Slaughter	Unternehmer u. Großgrundbesitzer
Lady Ann Slaughter	seine Frau 50j.
William	} seine Kinder
Rachel	
Sir George Slaughter	sein Bruder sympathisch
Peter	} dessen Kinder arrogant
Maud	blond, klein
Harman Atwood	Anwalt
Colin Andrews	Handlungsreisender
Norman Bulles	Pförtner
Elsie	Köchin
Joyce	Hausmädchen
Inspektor John Asquith	Kriminalbeamter

Der Roman spielt auf einem Landsitz in der Grafschaft Kent, England.

Ungekürzte Ausgabe · Made in Germany

© 1971 by Dick Haskins. Aus dem Portugiesischen übertragen von Gerhard Baumrucker. Alle Rechte, auch die der fotomechanischen Wiedergabe, vorbehalten. Jeder Nachdruck bedarf der Genehmigung des Verlages. Umschlagfoto: Atelier Karl Bayer, aus dem Film ›Junge Ausreißerinnen‹. Die Abgebildete steht mit dem Inhalt des Buches in keinem Zusammenhang. Gesetzt aus der Linotype-Garamond-Antiqua. Druck: Presse-Druck Augsburg. KRIMI 4192.
Sch/pit
ISBN 3-442-04192-9

PROLOG

Seit zwei Stunden regnete es ununterbrochen, und die Scheibenwischer wurden mit dem andrängenden Wasser nicht fertig. Trotzdem fuhr er mit der gewohnten Waghalsigkeit, zwischen hundertvierzig und hundertsechzig; er verließ sich ganz auf sein fahrerisches Können – und auf sein Glück.

Das Ende kam so plötzlich, daß er nicht einmal Zeit hatte, überrascht zu sein, als hinter dem Wagen zwei grelle Lichter aufflammten, die ihn im Rückspiegel blendeten. Gleichzeitig erklang schrilles, gebieterisches Hupen, und ein Motor heulte auf.

Jähes Bremsen war bei dieser Geschwindigkeit unmöglich. Aber instinktiv riß er den Wagen zum Straßenrand, um dem Verrückten da hinten Platz zum Überholen zu machen.

Der Wagen kam ins Schleudern, geriet von der Fahrbahn, und der Mann am Steuer begriff gerade noch, daß er die Kontrolle über das Fahrzeug endgültig verloren hatte, daß er durch die Dunkelheit dem Tod entgegenflog...

Der Tod erwartete sie – ihn und seinen Begleiter – etwa hundert Meter weiter unten auf dem Grund der Steilküste.

Das wütende Meer verschlang die tausend zersplitterten Wrackteile und die beiden bis zur Unkenntlichkeit verstümmelten Körper.

Und wieder beherrschte der Regen die Nacht, klatschte auf die nunmehr völlig dunkle Straße...

I

Er las die Stellenanzeigen in der ›Evening News‹, und sein Blick blieb an einer auffallenden Überschrift hängen: BUTLER-CHAUFFEUR.

Butler und Chauffeur in einer Person? dachte er verwundert. Welche Funktion mochte da wohl die vorherrschende sein?

›Zuschriften mit Altersangabe und Referenzen unter Nr. 5489.‹

Altersangabe – das bot keinerlei Schwierigkeiten. Was die Referenzen betraf, mußte er allerdings entweder lügen oder wahrheitsgemäß bekennen: keine.

Über seine Eignung als Chauffeur machte er sich keine Sorgen. Ob man ihn jedoch anstellen würde, auch wenn er als Butler nicht über die geringsten Erfahrungen verfügte?

Er drückte die Zigarette im Aschenbecher aus und spannte ein Blatt Papier in die Schreibmaschine ein.

›Evening News, Nr. 5489. In Beantwortung Ihrer Stellenanzeige‹, begann er zu tippen, hielt jedoch gleich wieder inne.

Lohnte sich eine Bewerbung wirklich? Er hatte noch nie als Butler gearbeitet, aber vielleicht konnte er diese Unerfahrenheit durch seine lange Fahrpraxis wettmachen... Wettmachen? Zwischen Servieren und Autofahren bestand immerhin ein Unterschied!

Von welcher Seite wird die Platte gereicht, wenn man jemanden am Tisch bedient? fragte er sich lächelnd. Von links, du Dummkopf, das weißt du doch! Und von welcher Seite wird abserviert? Von rechts, auch das weißt du! Und von welcher Seite wird der Wein eingegossen? Ebenfalls von rechts, na also.

›In Beantwortung Ihrer Stellenanzeige‹, las er und tippte weiter: ›bewerbe ich mich um die ausgeschriebene Doppelstellung, zu deren Ausübung ich mich aufgrund meiner literarischen Vorbildung für ausreichend befähigt halte. Ich bin zweiunddreißig Jahre alt, ledig und seit zwölf Jahren im Besitz eines internationalen Führerscheins. Zwecks näherer Auskünfte bitte ich um Anruf unter der Nummer 01-730 4216. Paul Walker.‹

Er überlas das Geschriebene noch einmal und legte das Blatt dann auf den unordentlichen Stapel anderer Papiere, woraufhin er einen Briefumschlag adressierte.

In diesen Umschlag steckte er zunächst ein handbeschriebenes Blatt Papier und dann erst seine Bewerbung. Er verschloß den Umschlag, wog ihn ein paar Augenblicke in der Hand und schaute ihn nachdenklich an, während er sich im Sessel zurücklehnte. Würde er die Stellung bekommen?

Ein Blick auf die Armbanduhr belehrte ihn, daß es halb fünf Uhr am Morgen war. Er konnte also noch ein paar Stunden schlafen und am Vormittag seine Bewerbung persönlich in der ›Evening News‹ abgeben.

Als er vom Schreibtisch aufstand, sah er auf dem wüsten Papierhaufen ein Taschenbuch liegen, auf dessen Titelblatt zu lesen war: DER ALPTRAUM von Peter Wager. Es handelte sich, wie man dem Text auf der Rückseite entnehmen konnte, um das Erstlingswerk eines neuen Kriminalschriftstellers, über den sonst nicht viele Angaben gemacht wurden: Unter dem Zeichen des Löwen im August 1939 geboren, hatte er später Medizin studiert, übte den Arztberuf jedoch nicht aus. Eine Fotografie war nicht vorhanden.

Nach Walkers Meinung war DER ALPTRAUM ein gutes Buch, zumal für einen literarischen Anfänger. Offenbar stand er mit dieser Meinung nicht allein da, denn der Roman war gleichzeitig in Großbritannien, Südafrika, Kanada und den Vereinigten Staaten erschienen ...

Walker löschte das Licht in dem kleinen Wohnzimmer und ging nach nebenan.

Am Abend, einige Minuten nach zehn Uhr, klingelte das Telefon. Walker ließ es sechsmal klingeln, bevor er abhob.

»Mr. Paul Walker, bitte«, sagte eine Männerstimme.

»Am Apparat«, erklärte er und hatte keine Ahnung, daß dies bereits die Reaktion auf seine Bewerbung war.

»›Wenn die Menschen einander bekämpfen, dann sollten sie damit aufhören. Wenn die Tiere einander bekämpfen, dann sollten sie damit aufhören. Wenn die Pflanzen einander bekämpfen, dann sollten sie damit aufhören. Die Menschen sollten einander achten, verstehen und lieben. Die Tiere sollten in Frieden miteinander auskommen. Die Pflanzen sollten Frucht tragen und die Frucht Samen. Friede auf Erden. Christus ist geboren. Es ist Weihnachten‹«, rezitierte die Stimme im Telefonhörer. »In der Stellenanzeige wurde keine dichterische Talentprobe verlangt, Mr. Walker; man sucht nur jemanden, der die Stellung eines Butler-Chauffeurs bekleiden kann.«

»Ich kenne den Text«, sagte Walker. »Aber ich verstehe nicht, wie er –«

»Wie er in den Briefumschlag mit Ihrer Bewerbung kommt?« unterbrach ihn die Stimme am anderen Ende der Leitung. »Aus Versehen, nehme ich an.«

»Ja ...«

»Der Text ist handschriftlich abgefaßt. Stammt er aus Ihrer Feder, Mr. Walker?«

»Nun ...«

»Ich finde, Sie brauchen sich dessen nicht zu schämen, Mr. Walker. Im Gegenteil. Und warum sollte ein Butler-Chauffeur nicht eine literarische Berufung in sich verspüren?«

»Ich hätte das Manuskript gern zurück«, sagte Walker. »Auch falls ich für die Stellung nicht in Betracht komme.«

»Keine Sorge, Mr. Walker. Allerdings bin nicht ich es, der einen Butler-Chauffeur sucht. Ich vertrete die betreffende Familie als Anwalt. Bis jetzt habe ich etwa zwei Dutzend Antworten auf die Anzeige erhalten, und fünfzig Prozent der Bewerber scheinen für den Posten geeignet zu sein. Ich muß gestehen, Ihr literarischer Text hat mich neugierig gemacht, und so habe ich Sie unter die in Frage kommenden Personen eingereiht.«

»Dann war meine Zerstreutheit vielleicht mein Glück«, meinte Walker.

»Vielleicht«, kam es zustimmend. »Wäre es möglich, daß wir uns noch heute abend treffen, Mr. Walker?«

»Aber ja. Sagen wir – in einer halben Stunde?«

»Einverstanden, Mr. Walker. Und wo?«

»Das überlasse ich Ihnen.«

»Ihrer Telefonnummer nach müßten Sie in der Nähe des Sloane Square wohnen.«

»Ja. In der Ebury Street.«

»Dann ist mein Büro gar nicht weit von Ihrer Wohnung entfernt. Wenn es Ihnen nichts ausmacht, in die Victoria Street zu kommen, könnnte ich bis dahin noch ein bißchen arbeiten.«

»Gern, Sir. Und die Adresse?«

Walker griff nach einem Kugelschreiber und notierte sich die Hausnummer und das Stockwerk.

»Sie brauchen sich nicht zu beeilen, denn ich bleibe bestimmt bis nach Mitternacht im Büro.«

»Ich brauche keinesfalls länger als eine Stunde, Sir«, versicherte Walker und legte auf.

Harman Atwood war groß und sehr schlank, fast schon mager. Walker hatte aufgrund der festen, tiefen Stimme einen etwas korpulenteren Mann erwartet.

»Paul Walker?« fragte Atwood überflüssigerweise, da er um diese späte Stunde wohl kaum weiteren Besuch erwartete.

Walker nickte und folgte ihm durchs Vorzimmer in ein erlesen eingerichtetes Büro.

»Nehmen Sie Platz.« Atwood deutete auf einen Sessel vor seinem geräumigen Schreibtisch. »Sie sehen ja noch besser aus, als ich erwartet hatte!«

Walker maß einen Meter achtzig und war gut gebaut. Sein leichtgewelltes Haar war hellbraun wie seine Augen. Er hatte ebenmäßige Züge, und seine Haltung hatte nichts Gekünsteltes an sich. Atwood musterte ihn prüfend.

»Waren Sie schon einmal als Butler beschäftigt, Walker?«

»Nein, Sir«, gab Walker unumwunden zu.

»Aber Sie haben eine entsprechende Ausbildung genossen?«

»Nein, Sir.«

»Nein?« Atwood konnte seine Verblüffung nicht verbergen. »Aber können Sie dann den gestellten Anforderungen gerecht werden?«

»Doch, ich glaube schon, Sir.«

»Lassen Sie doch das förmliche ›Sir‹, Walker. Sie sollen schließlich nicht mein Butler werden! Ich heiße Atwood, Harman Atwood.«

Walker senkte leicht den Kopf.

»Sehr erfreut, Sir.«

Walkers Unerschütterlichkeit schien Atwood ein wenig zu verwirren.

»Na schön ... Aber wenigstens besitzen Sie einen Führerschein und ausreichende Fahrpraxis?«

»Gewiß, Sir, wie schon in meiner Bewerbung erwähnt.«

»Haben Sie einen Wagen?«

»Ja. Einen Morris eintausendeinhundert.«

»Im Falle Ihrer Anstellung müßten Sie einen Rolls-Royce fahren und einen Cortina; allerdings mit mehr Geschick als Ihr Vorgänger.«

»Wie darf ich das verstehen, Sir?« fragte Walker überrascht.

Atwood reichte ihm ein Exemplar der ›Evening News‹ und deutete auf die Schlagzeile: GRAUENVOLLE VERKEHRSTRAGÖDIE!

Darunter stand: ›Überhöhte Geschwindigkeit brachte den Wagen ins Schleudern. Der Sohn von Sir Roderic Slaughter und der Butler der Familie wurden Opfer des tödlichen Unfalls.‹

Auf einem Bild erkannte man an einem felsigen Küstenstreifen mit Mühe die Überreste eines Automobils. Daneben war ein Porträt William Slaughters veröffentlicht.

»Ein guter Junge«, meinte Atwood, »aber tollkühn. Besonders am Steuer. Ein Wunder, daß sich die Katastrophe nicht schon längst ereignet hat!«

Walkers Aufmerksamkeit wurde von einer Zwischenüberschrift gefesselt: ›Führte ein verbrecherisches Überholmanöver zu dem Unfall?‹ Bevor er weiterlesen konnte, nahm Atwood ihm die Zeitung aus der Hand.

»Davon wußte ich schon, Sir«, gab Walker zu verstehen.

»Man vermutet, daß ein anderer Wagen, ebenfalls mit überhöhter Geschwindigkeit, Billy überholen wollte und so den Unfall verursachte. Der Pförtner von Harper and Co., deren Fabrikgelände sich unweit der Unfallstelle befindet, war gerade am Tor und will ein ›ohrenbetäubendes‹ Hupen auf der Straße gehört haben; angeblich sah er flüchtig – am Eingang der Kurve in etwa hundert Meter Entfernung – die Rückseite eines dunklen Wagens, in grelles Licht getaucht.«

»Ich habe es im ›Daily Telegraph‹ gelesen«, sagte Walker. »Aber wenn ich mich nicht irre, beschränken sich die Beobachtungen des Mannes auf diesen flüchtigen Eindruck?«

»Ja«, bestätigte Atwood. »Ich war beim Polizeiverhör anwesend und erinnere mich noch genau an seine Worte: ›Es war, wie wenn ein Blitzlicht aufflammt; in dem einen Moment sah ich deutlich die Rückseite des Wagens, wie vom Fernlicht des anderen Wagens angestrahlt, und gleichzeitig ertönte dieses ohrenbetäubende Hupen; im nächsten Moment tauchte die Kurve auf, und alles wurde dunkel.‹ Der Mann konnte sich an keine weitere Einzelheit erinnern; nun ja, es regnete heftig, und er war gerade mit seinem Moped am Fabriktor angekommen, um seinen Dienst anzutreten.«

»Dann sieht es wirklich so aus, als sei der überholende Wagen an dem Unfall schuld«, sagte Walker pflichtschuldig, obwohl er eigentlich nicht an einer Diskussion des Vorfalls interessiert war.

»Stimmt. Aber William Slaughter war von vornherein dazu

bestimmt, am Steuer eines Wagens den Tod zu finden! Billy war einer von diesen Knaben, die in einer goldenen Wiege auf die Welt kommen und denen die Eltern alles durchgehen lassen ...«

»Sie machen mir ein bißchen Angst«, sagte Walker.

»Wieso?« fragte Atwood verwundert.

»Mir scheint, im Haus von Sir Roderic Slaughter stellt man ans Personal die allerhöchsten Ansprüche ...«

»Nicht in dem Ausmaß, wie Sie befürchten, Walker. Als Beweis dafür mag dienen, daß Sir Roderic seit jeher einen Butler-Chauffeur beschäftigt hat.«

»Warum?«

»Nun, Sir Roderic Slaughter hat über alles seine eigenen Theorien. Eine davon ist, daß er seinen Wagen nur einem Mann anvertraut, den er gut genug kennt und der seinerseits die Familie und ihre Alltagsgewohnheiten gut genug kennt, weil er mit ihr unter einem Dach lebt.«

»Nun ja«, räumte Walker mit einiger Zurückhaltung ein.

»Sie wissen, daß Sir Roderic der Eigentümer der bekannten Slaughter Computers ist? Ohne direkt geizig zu sein, ist er übrigens auch nicht gerade freigebig. Ich glaube, alle seine Theorien laufen irgendwie auf diesen Punkt hinaus.« Atwood lächelte. »Nein, ich glaube nicht, daß Sie im Dienst der Familie Slaughter Schwierigkeiten haben werden ... Darf ich Sie etwas fragen?«

»Aber gewiß, Sir.«

Atwood lehnte sich im Drehstuhl zurück, brachte eine Zigarre zum Vorschein und zündete sie umständlich an.

»Sie wirken auf mich ganz wie ein Gentleman, Walker. Sind Sie sicher, daß eine andere Beschäftigung Ihnen nicht gemäßer wäre?«

»Ich verstehe nicht, Sir.«

»Wenn Sie mir sagen würden, daß Sie selbst einen Butler anstellen wollen, dann würde ich Ihnen das unbesehen glauben!« Er griff nach einer Mappe und zeigte sie Walker. »Wie gesagt, ich habe über zwanzig Antworten auf das Inserat erhalten. Alle Bewerber geben massenhaft Referenzen an, nur Sie nicht. Und trotzdem fühle ich mich geneigt, den Posten Ihnen zu geben ...«

»Wozu Sie natürlich keineswegs verpflichtet sind«, gab Walker zu bedenken.

»Natürlich nicht. Aber ich glaube, Sie wären der richtige Mann für die Slaughters.« Er unterbrach sich, streifte die Asche von der Zigarre. »Statt Referenzen schicken Sie mir ein literarisches Manuskript und geben zu, noch nie als Butler gearbeitet zu haben ... Versetzen Sie sich in meine Lage!«

Walker erhob sich.

»Lassen Sie sich bitte durch nichts beeinflussen«, sagte er. »Das Manuskript geriet zufällig in den Umschlag mit der Bewerbung und hat nichts mit ihr zu tun. Es hat Sie neugierig gemacht, verständlicherweise. Aber ich schlage vor, Sir, daß wir es dabei bewenden lassen und –«

»Setzen Sie sich wieder«, bat Atwood. »Man kann Sie ja auf Probe anstellen. Schlimmstenfalls muß man nach einiger Zeit eben einen neuen Butler suchen ... Darf ich erfahren, wo Sie bisher gearbeitet haben oder noch arbeiten?«

»Nirgends«, gab Walker bereitwillig Auskunft.

»Nirgends? Ja, aber – wovon leben Sie?«

»Von Ersparnissen, Sir, die nötigenfalls für ein weiteres halbes Jahr ausreichen. Ich bin vor ungefähr zwei Monaten aus Südafrika nach England zurückgekehrt, nachdem ich einige Jahre in Kapstadt gearbeitet hatte.«

»Sie stammen aus Südafrika?«

»Nein, Sir. Ich bin mit meinen Eltern dorthin ausgewandert.«

»Wollen Sie damit sagen, daß Sie während der vergangenen Jahre nicht in England gelebt haben?«

»So ist es, Sir.«

»Und was für einer Arbeit sind Sie in Kapstadt nachgegangen, Walker?«

»Während meiner Studienzeit habe ich zuerst im Büro einer Exportfirma gearbeitet und dann, ab meinem zweiundzwanzigsten Lebensjahr, regelmäßig als Lektor und Korrektor für zwei Verlage.«

»Was haben Sie studiert, Walker?«

»Ich hatte Literatur belegt, aber ich habe das Studium nicht abgeschlossen.«

Atwood lächelte.

»Das erklärt das Manuskript«, stellte er fest. »Haben Sie nie etwas eigenes veröffentlicht?«

»Drei oder vier Erzählungen in Zeitschriften, Sir.«

»Ich habe mich also nicht in Ihnen getäuscht. Sie haben die Universität besucht... Um so verwirrender finde ich, daß Sie einen Posten als Butler und Chauffeur anstreben!«

»Familientradition, Sir. Schon mein Vater und mein Großvater waren Butler. Ich fühle mich, mit Verlaub, dazu berufen.«

»Nun, ich hätte Ihnen zwar eher zugetraut, daß Sie mit der Tradition brechen«, meinte Atwood, »aber das ist Ihre Sache. Könnten Sie Ihren Dienst morgen abend antreten?«

»Ja, Sir.«

Atwood reichte Walker eine Karte, auf der er eine der beiden Adressen unter dem Namen Roderic Slaughter unterstrichen hatte.

»Die Familie Slaughter wohnt von Juni bis Mitte September auf ihrem Besitztum an der Küste von Kent, zwischen Margate und Ramsgate, den Rest des Jahres in Eton. Da wir Ende Juni haben, müssen Sie sich also nach Kent begeben.«

»Sehr wohl, Sir.«

»Die Bedingungen sind folgende: vierzig Pfund die Woche, dazu selbstverständlich Unterkunft und Verpflegung; jeden Sonntag frei, dazu ein freier Samstag im Monat. Einverstanden, Walker?«

»Einverstanden, Sir.«

»Kennen Sie den Weg nach Margate?«

»Ich habe in diesem Monat eine Woche in Margate verbracht.«

»Hinter Margate folgen Sie der Küstenstraße in Richtung Ramsgate. Ein Wegweiser wird Sie rechter Hand zum Saint Cross Mansion bringen, dem Besitztum der Slaughters. Ich werde Sir Roderic morgen früh telefonisch von Ihrem Kommen unterrichten. Blamieren Sie mich nicht, Walker«, fügte Atwood lächelnd hinzu.

»Ich werde mein möglichstes tun«, versicherte Walker und stand auf.

Atwood legte die Zigarre ab und folgte seinem Beispiel. Er reichte ihm das handbeschriebene Blatt Papier, das ›irrtümlich‹ an ihn gelangt war.

»Wenn Sie mich fragen, ich rate Ihnen, in Ihrer Freizeit weiterzuschreiben.«

»Danke, Sir«, sagte Walker und steckte das Blatt ein.

»Versuchen Sie, im Laufe des morgigen Nachmittags in Saint Cross Mansion zu sein ... Brauchen Sie einen Vorschuß?«

»Nein, Sir.«

»Dann gute Nacht, Walker. Und alles Gute.«

»Danke, Sir. Gute Nacht.«

Walker trat in die Nacht hinaus und ging zu seinem Wagen. Er hatte sein Ziel erreicht. Er hatte die angestrebte Stellung bekommen. Er hatte psychologisch richtig spekuliert, indem er ein Manuskriptblatt des Buches DER ALPTRAUM in den Umschlag mit der Bewerbung hineingeschmuggelt hatte, um sich interessant zu machen. War das etwa ein Verbrechen? War das Betrug? Nein, beruhigte er sich. Er hatte schließlich keinerlei falsche Angaben gemacht, vor allem was die Tatsache betraf, daß er noch nie als Butler tätig gewesen war ...

Er stieg in seinen Wagen und fuhr nach Hause zurück.

2

Nach dem Mittagessen brach Walker auf und zockelte gemächlich in Richtung Margate. Gegen fünf Uhr an diesem nebligen, feuchten Nachmittag kam er dort an und gönnte sich einen Kaffee in einer Imbißstube. Nach einer halben Stunde fuhr er weiter.

Gleich hinter Broadstairs sah er den Wegweiser, der ankündigte, daß Saint Cross Mansion rechter Hand vor ihm lag.

Um 18.05 Uhr traf Walker dort ein.

Saint Cross Mansion war ein etwa hundertjähriges, dreistöckiges Gebäude, an dessen Wänden sich bis zur Höhe des zweiten Obergeschosses Schlingpflanzen emporrankten, die um' diese Jahreszeit in voller Blüte standen. Walker hielt unter dem weiträumigen Vordach, nahm seine beiden Koffer aus dem Wagen und schritt auf die schwere Eichentür zu. Er setzte die Koffer ab, kam jedoch nicht mehr dazu, den Klingelknopf zu drücken, denn im selben Moment wurde die Tür geöffnet, und vor ihm stand Lady Ann Slaughter.

Ann Slaughter war eine schöne Frau von etwa fünfzig Jahren, eine stattliche Erscheinung, was durch das schwarze Kleid noch betont wurde. Sie hatte ein ovales, ebenmäßiges Gesicht, doch der Blick ihrer hellbraunen Augen war nicht frei von Schmerz.

»Harman hat heute früh angerufen«, sagte sie mit ihrer melodischen, harmonischen Stimme, die zur Vollkommenheit ihrer Erscheinung das ihrige beitrug. »Sie sind Paul Walker, nicht wahr?«

»Allerdings, Madam.«

Sie hob die Brauen und musterte ihn eingehend.

»Harman hat nicht übertrieben«, sagte sie schließlich und schenkte Walker ein Lächeln. »Sie wirken durchaus vornehm.«

»Mit Verlaub, Madam, ich mag vielleicht so wirken, aber ich maße mir nicht an, es zu sein.«

»Für mich hat Vornehmheit nichts mit Herkunft zu tun, Walker; eher mit Charakter, Auftreten, Rücksichtnahme...« Sie lächelte abermals. »Mein Mann entstammt zwar einer der besten Familien Englands, aber ich selbst bin Amerikanerin: die Tochter eines ganz gewöhnlichen Landarztes. Vielleicht sind deshalb für mich auch Güte und Anständigkeit Attribute der Vornehmheit.«

Walker senkte zustimmend den Kopf.

»Wundert Sie dieser Empfang?«

»Nicht im geringsten, Madam.«

»Mein Mann huldigt allerdings ziemlich strengen Prinzipien, was unser tägliches Leben betrifft, diesen alten Landsitz und unser Haus in Eton. Sie werden sich ihnen, ebenso wie ich im Laufe der Zeit, ein wenig angleichen müssen, dann wird es Ihnen nicht schwerfallen, sich als zur Familie gehörig zu betrachten.«

»Ich werde Ihren Rat nach besten Kräften befolgen, Madam.«

»Harman sagte auch, Sie seien ein erfahrener Chauffeur, hätten jedoch noch nie als Butler gearbeitet. Ist es wahr, daß Sie diesen Beruf einer Familientradition zuliebe ergreifen wollen?«

»Allerdings, Madam. Ich trete in die Fußstapfen meines Vaters und meines Großvaters.«

»Dodson, Ihr Vorgänger, war zehn Jahre bei uns, und wir hatten uns alle an ihn gewöhnt. Besonders meinem konservativen Mann wird es am Anfang schwerfallen, sich umzustellen, Walker. Gleichwohl bleibt Sir Roderic keine andere Wahl: entweder Sie oder ein anderer... Unseren Sohn William kann allerdings niemand ersetzen. Der tödliche Unfall liegt erst wenige Tage zurück...«

»Ich habe die Berichte in den Zeitungen gelesen und spreche Ihnen mein Mitgefühl aus, Madam.«

»Danke, Walker.«

Walker bemerkte, daß sich ihre Augen mit Tränen gefüllt hatten, aber an ihrer Haltung änderte das nichts.

»Ihr Zimmer liegt im obersten Stockwerk. Elsie, die Köchin, wird es Ihnen zeigen. Dann erwarte ich Sie im Salon, um Sie mit den Gepflogenheiten des Hauses vertraut zu machen.«

Sie durchquerte den Vorraum und betrat den Salon. Walker nahm die Koffer wieder auf und wartete auf Elsies Erscheinen. Irgendwo ertönte eine Klingel.

Die Wände des Vorraums waren mit Eichenholz getäfelt und mit wohlausgewogenen Ölbildern englischer und schottischer Landschaften verziert. Auch standen da zwei gotische Rüstungen aus dem 15. Jahrhundert, mit Lanzen bewaffnet, an deren Spitzen elektrische Laternen angebracht waren, die einzige künstliche Beleuchtung des Vorraums.

»Mr. Walker ...«

Walker drehte sich nach der Stimme um. Der Teppich, der den ganzen Fußboden bedeckte, hatte die Schritte der Köchin Elsie verschluckt.

Elsie war groß und kräftig und hatte ein rundes, gerötetes Gesicht, was auf erhöhten Blutdruck schließen ließ. Ihre Figur erinnerte an drei nach unten zu größer werdende Kugeln: Kopf, Oberleib, Unterleib.

»Kommen Sie bitte mit, Mr. Walker«, forderte die Köchin ihn auf.

Walker folgte ihr bis zum Treppenabsatz des obersten Stockwerks und einen Gang entlang zu dem für ihn bestimmten Zimmer.

»Die nächste Tür führt in Ihr Bad, Mr. Walker«, informierte ihn Elsie.

»In meines?«

»Ja, Sie haben ein eigenes. Ich und Joyce, das Hausmädchen, wohnen am anderen Ende des Ganges.«

»Danke, Elsie.«

»Gern geschehen ... Hoffentlich verstehe ich mich mit Ihnen

besser als mit – mit dem armen Dodson, diesem Geizkragen. Wenn der Unfall nicht geschehen wäre, hätte ich vielleicht noch gekündigt.«

»Nun, dann brachte der Unfall wenigstens Ihnen Glück im Unglück«, meinte Walker.

Elsie schaute ihn mit gerunzelten Brauen an.

»Ja, ich glaube, mit Ihnen werde ich auskommen. Sie haben jetzt schon mehr mit mir geredet als Dodson in fünf Jahren«, sagte die Köchin. »Aber um Junior ist es schade. Trotz seiner Verrücktheiten war er ein feiner Junge und so einfach und geradeheraus wie seine Mutter.«

»Ich nehme an, Sie sprechen von William?« fragte Walker.

»Ja. Joyce und ich nannten ihn Junior ... Aber sie ist auch ein einfacher, guter Mensch ...«

»Wen meinen Sie jetzt, Elsie?«

»Miss Rachel, Rachel Slaughter. Sie ist so schön wie ihre Mutter und fast so verrückt, wie ihr Bruder war. Nein, vielleicht doch nicht ganz ...«

»Ich habe Miss Rachel noch nicht zu Gesicht bekommen.«

»Sie werden sie beim Abendessen kennenlernen. Bestimmt kommt sie wieder eine Viertelstunde zu spät, ohne sich um die Tadel ihres Vaters zu kümmern. Sie werden schon sehen, Mr. Walker –«

»Von mir aus brauchen Sie mich nicht ›Mr. Walker‹ zu nennen, Elsie.

»Doch. Sir Roderic besteht darauf. Der Butler ist der Chef des Personals. Sir Roderic ist da sehr streng. Von allen Familienmitgliedern ist er der am wenigsten ... Aber sehen Sie selbst, Mr. Walker. Brauchen Sie noch etwas? Lady Ann erwartet Sie im Salon.«

»Danke, Elsie.«

»Im Schrank finden Sie Ihre Livree«, sagte Elsie noch, bevor sie sich zurückzog.

Endlich konnte Walker sich mit den Annehmlichkeiten seines

Zimmers vertraut machen. Da gab es einen dunkelgrünen Wollteppich, ein breites Bett mit Nachtkästchen, eine Kommode, einen Schrank, einen Schreibsekretär, zwei Stühle, davon einer mit Armstützen, und einen lederüberzogenen Ohrensessel. Das Fenster lag an der Rückfront des Hauses und war von einem beigefarbenen Vorhang eingerahmt.

Walker packte die Koffer aus und verstaute einen Teil seiner Sachen in den Schubladen der Kommode und des Schreibsekretärs. Das Buch DER ALPTRAUM, das er noch einmal lesen wollte, legte er aufs Nachttischchen. Der Schrank enthielt, fein säuberlich auf Kleiderbügeln hängend, drei Cutaways, ferner drei gestreifte Jacketts: gold und schwarz, dunkelrot und schwarz, dunkelgrün und schwarz; Walker nannte sie bei sich ›Zebrawesen‹. Auf jedem Bügel hing unter dem Jackett eine schwarze Hose. Daneben gab es noch zwei Chauffeuruniformen, eine graue und eine schwarze. Die entsprechenden Mützen lagen in einer runden Schachtel auf dem Boden des Schrankes.

Ob ihm die Sachen paßten, war noch die Frage. Das würde sich herausstellen, sobald er in einem der Cuts das Abendessen servierte ...

Walker hängte seine eigenen Anzüge und zwei Sportsakkos in die zweite Abteilung des Schrankes. Dann begab er sich, mit seinen diversen Toilettenutensilien versehen, ins Bad. Auch hier gab es nichts auszusetzen: Die Leuchtröhre am Spiegel spendete helles Licht, ein Plastikvorhang trennte die Duschecke ab.

Als er ins Zimmer zurückkam, stellte er fest, daß es mittlerweile 18.50 Uhr geworden war. Rasch schlüpfte er in einen Cut, und siehe da, er paßte ihm beinahe wie angegossen; höchstens die Ärmel mußten um etwa eine Fingerbreite nachgelassen werden. Er warf noch einen abschließenden Blick in den Spiegel und wünschte sich selbst alles Gute bei seiner neuen Aufgabe.

Walker schaute von oben auf die feierliche Vorhalle hinab, die nur von den beiden Laternen an den Lanzenspitzen erhellt wurde. Kalt und stumm lag der Raum da.

Langsam stieg Walker die Treppe hinab. Seine Schritte wurden vom Teppichläufer so gedämpft, daß sie nicht zu hören waren. Auch Lady Ann hatte er nicht herankommen hören, die ihn unten erwartete und ihm ein ledernes Schlüsseletui reichte.

»Hier haben Sie die Schlüssel sämtlicher Haustüren, der Garage und unserer beiden Wagen, Walker. Die Garage befindet sich links vom Haupteingang. Stellen Sie Ihren Wagen ein und kommen Sie in den Salon.«

»Sehr wohl, Madam.«

Als er nach einigen Minuten den Salon betrat, musterte ihn Ann Slaughter aufmerksam.

»Bis auf die Ärmel sitzt der Cut recht gut«, meinte sie und drückte auf einen Klingelknopf.

Gleich darauf trat Joyce, das Hausmädchen, ein. Sie war schlank, fast zerbrechlich, und ihr hervorstechendster Gesichtszug waren die großen, traurigen schwarzen Augen. Sie war weder hübsch noch häßlich, aber sympathisch.

»Das ist Mr. Walker, unser neuer Butler« stellte Lady Ann vor.

»Freut mich sehr, Mr. Walker«, sagte das Mädchen schüchtern und wandte den Blick ab.

»Am besten, Sie fangen gleich an, den Tisch zu decken«, sagte Lady Ann. »Später gebe ich Ihnen dann eine Liste, auf der Ihre sämtlichen Aufgaben beschrieben sind.«

Walker begriff, daß Lady Ann ihm helfen wollte, und er war dankbar. Zu seiner eigenen Überraschung stellte sich allerdings heraus, daß er sich ungemein geschickt anstellte. Nicht umsonst hatte er eingehend ein Handbuch für Butler studiert. Er war zufrieden, und Lady Ann schien erleichtert.

»Ausnahmsweise dinieren wir heute abend um halb neun, Walker. Unsere normalen Essenszeiten sind ein Uhr mittags und acht Uhr abends«, erklärte Lady Ann. »Haben Sie sich die Tischordnung gemerkt?«

»Sehr wohl, Madam.« Walker wandte sich dem großen rechteckigen Tisch zu. »Sie selbst sitzen hier, Madam, Sir Roderics Platz ist gegenüber. Miss Maud zur Rechten von Sir Roderic, daneben Miss Mauds Bruder, Mr. Peter Slaughter. Rechts von Ihnen, Madam, Ihr Schwager, Sir George; und neben diesem schließlich Miss Rachel.«

»Sie haben ein gutes Gedächtnis, Walker«, lobte Lady Ann und reichte ihm ein maschinengeschriebenes Blatt Papier. »Hier haben Sie die Liste Ihrer Aufgaben. Und jetzt können Sie sich zurückziehen.«

»Mit Verlaub, Madam.«

Walker machte eine Verbeugung, drehte sich um und ging dem Ausgang zu.

»Walker.«

Er drehte sich abermals um und bemerkte, daß Lady Ann lächelte.

»Sie brauchen sich nicht andauernd zu verneigen, Walker. Wir leben im zwanzigsten Jahrhundert!«

»Sehr wohl, Madam.«

Ann sah ihm nach, wie er sich aus dem Eßzimmer in die Anrichte begab. Nein, Harman hatte wirklich nicht übertrieben. Paul Walker hatte die Allüren eines Gentleman. Er war fast zu schade dafür, einen Menschen wie beispielsweise ihren Neffen Peter bei Tisch zu bedienen. Oder geht da wieder einmal meine demokratische Erziehung mit mir durch? dachte Lady Ann.

Roderic Slaughter griff nach der Taschenuhr, die er vor sich auf den Tisch gelegt hatte, und schaute seine Tochter an. Rachel hatte eben ihren Platz eingenommen.

»Du kannst also nicht einmal pünktlich sein, wenn wir eine halbe Stunde später essen als sonst«, tadelte Sir Roderic.

»Stimmt, Pa«, gab Rachel lächelnd zu. »Aber die Tennispartie hat so lange gedauert!« Sie blickte zu ihrer Mutter hinüber, die sie mit der gewohnten Nachsicht ansah. Alle anderen starrten auf die noch leeren Teller. »Aber was ist denn hier los? Ihr habt noch nicht angefangen?«

»Unser neuer Butler tritt heute seinen Dienst an«, erklärte Lady Ann. »Ich mußte ihn erst noch einweisen, darum hat es heute etwas länger gedauert.«

»Der neue Butler?« fragte Rachel obenhin und entfaltete ihre Serviette. »Auch so streng und würdig wie Dodson, Ma?«

»Für deine Mutter«, mischte sich Slaughter ein, »scheint dieser Wilkins ein Sonderfall zu sein.«

»Walker«, korrigierte Lady Ann.

»Ein Sonderfall?« fragte Rachel erstaunt. »In welcher Hinsicht? Maud! Peter! Habt ihr ihn schon gesehen? Onkel George, du bist ein Menschenkenner. Was sagst du dazu?«

George Slaughter hob den Blick nun doch vom Teller und erwiderte das Lächeln seiner Nichte.

»Meine liebe Rachel, du weißt sehr gut, daß ich in dieser Familie selbst so etwas wie ein Sonderfall bin. Im übrigen habe ich Walker noch nicht zu Gesicht bekommen.«

»Und ich nur ganz flüchtig«, sagte Maud, »aber er scheint recht gut auszusehen.«

»Ich weiß nicht mal, wie Joyce aussieht, und sehe sie täglich seit sechs Jahren. Wie soll ich da schon heute über die Visage dieses Walker Bescheid wissen?«

»Bedien dich in meinem Haus gefälligst eines gesitteten Vokabulars, Peter«, wies Sir Roderic seinen Neffen zurecht.

»Entschuldige, Onkel«, sagte Peter errötend.

In diesem Moment betrat Walker, gefolgt von Joyce, das Eßzimmer und merkte sofort, wie alles verstummte. Desgleichen spürte er, wie er von da an das Ziel aller Blicke war. Gelassen wandte er sich dem Sideboard zu, wo Joyce die Suppe aus der Terrine in den ersten Teller schöpfte.

Von sechs Röntgenaugenpaaren verfolgt, bediente er Lady Ann. Den nächsten Teller gedachte er trotz Lady Anns Stirnrunzeln Sir George zu servieren, aber dieser hielt ihn zurück:

»Zuerst Sir Roderic, mein Bruder, Walker...«

Walker nahm den Teller wieder an sich und begab sich zum Platz des Hausherrn.

»Mir scheint, bei mir haben Sie sich nicht sehr gut eingeführt, Walker«, bemerkte Sir Roderic bissig.

»Ich bitte um Entschuldigung, Sir.«

Erst als er Sir George die Suppe servierte, nahm Walker Rachels Anwesenheit richtig zur Kenntnis. Maud und Peter hatte er vor dem Abendessen schon flüchtig in der Halle gesehen. Maud: blond, mit allzu weißer Haut und allzu hellblauen Augen, relativ klein, wenn auch wohlproportioniert, schätzungsweise etwas über zwanzig. Peter: etwa einsachtzig groß, aber keine gute Figur, dem ersten Eindruck zufolge nachlässig, nicht sehr intelligent, eher arrogant. Sir George, an die fünfzig Jahre alt, mit kurzgeschnittenem, schon ergrauendem Haar und ebensolchem Schnurrbart, erwies sich auf Anhieb als sympathisch. Walker schätzte ihn als erfolglosen Typ ein, der sich dem stärkeren Willen seines Bruders Roderic beugen mußte.

Und nun Rachel: schulterlanges, kupferbraunes Haar, große Augen von unbestimmter Farbe, irgendwo zwischen Braun und Grün, wohlgeformte Nase, ausdrucksvoller Mund. Ihre Blicke kreuzten sich mit denen Walkers, als er ihr das Essen servierte. Sie lächelte ihn an, mit der gleichen Herzlichkeit wie ihre Mutter, aber gleich darauf verschwand das Lächeln, und sie blickte drein, als müsse sie auf der Hut sein.

Walker zog sich zum Sideboard zurück, von wo aus er den Tisch im Auge behielt. Zwei- oder dreimal ertappte er Rachel dabei, wie sie ihn beobachtete.

Als Walker mit dem Servieren des nächsten Gerichts begann, brach Rachel endlich das Schweigen, und er stellte mit Erleichterung fest, daß sich die allgemeine Aufmerksamkeit nicht mehr auf ihn konzentrierte.

»Ich habe in Margate Inspektor Asquith getroffen, Pa«, sagte sie, aber Sir Roderic blickte nicht hoch. »Er hat den Pförtner von Harper and Co. noch einmal verhört...«

»Kannst du damit nicht bis nach dem Abendessen warten?« knurrte Sir Roderic.

»Bitte, wie du willst«, meinte Rachel achselzuckend.

»Ich sehe nicht ein, warum«, widersprach Lady Ann. »Was hat Inspektor Asquith dir gesagt?«

»Nichts Besonderes«, antwortete Rachel. »Der Verdacht, daß ein leichtsinniges Überholmanöver den Unfall verursacht hat, scheint sich zu erhärten, aber der Inspektor rechnet nicht damit, daß man den Fahrer finden wird.«

»Ein Autofahrer, der fahrlässig den Tod zweier Menschen verschuldet hat, muß auf jeden Fall bestraft werden«, entschied Sir Roderic.

»Ja. Deshalb ermittelt Inspektor Asquith in dieser Richtung weiter.«

»Ich stimme dir zu, Roderic«, mischte sich Sir George ein. »Trotzdem, den Fahrer finden zu wollen scheint mir ein aussichtsloses Unterfangen zu sein, falls man nur auf die Aussage des Pförtners angewiesen bleibt.«

»Ich kann mich nicht erinnern, dich um deine Meinung gefragt zu haben, George. Oder?«

»Roderic!« wies Lady Ann ihn zurecht. »Dein Bruder hat Billy geliebt wie seinen eigenen Sohn. Warum sollte er nicht seine Meinung äußern?«

»Ich danke dir, Ann. Aber für meinen Bruder bin ich nun mal das schwarze Schaf der Familie.«

In ähnlich gereizter Atmosphäre verlief das Abendessen auch weiterhin.

Den Kaffee trank man im Salon. Sir Roderic rauchte eine Zigarre, Sir George gab sich mit einer Zigarette zufrieden. Peter steckte die Hände in die Hosentaschen und setzte eine hochmütige Miene auf.

»Mir scheint, ich bin da nicht ganz mitgekommen, Rachel«,

fing er an. »Der Inspektor glaubt also, daß ein verbrecherisches Überholmanöver zu Billys tödlichem Unfall geführt hat. Meinst du das, Rachel?«

Rachel trank ihren Kaffee aus und blickte ihren Vetter an. In diesem Moment betrat Walker den Salon, um die leeren Tassen einzusammeln und auf einem Silbertablett hinauszutragen.

»Ja«, stimmte Rachel zu. »Der Inspektor verläßt sich dabei auf die Aussage des Pförtners.«

»Aha«, machte Peter nicht weniger eingebildet als vorhin. »Aber erblickt er darin ein vorsätzlich verbrecherisches oder nur fahrlässiges Verhalten?«

Rachel schob die Brauen hoch und zögerte ein wenig.

»Mir scheint, du ziehst voreilige Schlußfolgerungen«, sagte sie dann. »Ich glaube nicht, daß Asquith Grund hat, an – an Mord zu denken. Peter! Oder hast du Grund dazu?«

»Ich? Wieso denn? Wie käme ich dazu?«

Walker, der das Tablett gerade von dem niedrigen Tischchen vor dem Kamin nahm, sah, wie Peter jäh errötete.

»Aber du hast die Frage aufgeworfen«, stellte Sir George fest, »und ich möchte wissen, warum.«

»Keine Ahnung«, sagte Peter mit gezwungenem Lächeln. Walker sah im Hinausgehen, daß er jetzt übermäßig blaß wirkte. »Ich weiß es wirklich nicht. Vielleicht hat mich der Ausdruck ›verbrecherisches Überholmanöver‹ auf die Idee gebracht, es könnte sich um ein Überholmanöver mit vorsätzlicher Tötungsabsicht gehandelt haben. Aber höchstwahrscheinlich war es eben doch nur Fahrlässigkeit.«

»Schlimm genug«, meinte Rachel.

»Du warst es, Peter, der uns von dem Unfall in Kenntnis gesetzt hat«, erinnerte sich Sir Roderic nachdenklich.

»Stimmt, Onkel. Ich habe aus Margate angerufen, als dieser – dieser Handlungsreisende in die Bar zurückkam, wo ich mich aufhielt, und sich nach der nächsten Polizeistation erkundigte ... Das weißt du doch, Onkel.«

»Ja.« Sir Roderic nickte. »Aber es schadet nichts, sich die Einzelheiten immer wieder ins Gedächtnis zurückzurufen.« Die Asche von seiner Zigarre fiel auf den Tisch. Er wandte sich an seine Tochter: »Ruf Walker.« Dann widmete er sich wieder seinem Neffen: »Wohin war dieser Handlungsreisende angeblich unterwegs, Peter?«

»Nach Dover, Onkel. Jedenfalls hat er das dem Barmann erzählt.«

»Wann hast du ihn in der Bar in Margate zum erstenmal gesehen?«

»Vielleicht fünfzehn oder zwanzig Minuten vorher, Onkel. Ich meine, bevor er wiederkam und sich mit der Polizei in Verbindung setzen wollte.«

Walker trat ein, und Sir Roderic deutete auf die Tischplatte.

»Säubern Sie das, Walker«, befahl er kühl.

Walker ging zum Tisch und streckte die Hand aus. Sir Roderic packte ihn am Handgelenk. Walker hielt überrascht inne, schaute erst Slaughter an, dann die Hand, die ihn umklammerte.

Endlich ließ Sir Roderic ihn los.

»Pflegen Sie Staub oder Asche etwa mit der Hand zu entfernen, Walker?«

»Roderic«, mischte sich Lady Ann begütigend ein. »Zum Saubermachen nimmt Walker selbstverständlich ein Tuch. Bestimmt dachte er, daß es in diesem Fall –«

»Was er denkt, steht nicht zur Debatte, Ann, sondern was er zu tun und wie es in diesem Hause zu geschehen hat.«

»Sehr wohl, Sir«, ließ sich nun Walker vernehmen und entfernte sich wieder, um dem Befehl des Hausherrn nachzukommen.

»Eigentlich dachte ich ja, die Sklaverei sei längst abgeschafft«, bemerkte Sir George bissig.

»Unter meinem Dach –«

»Ich weiß, mein lieber Bruder, unter deinem Dach hat sich

alles deinen Wünschen unterzuordnen. Und mir, Peter und Maud ist keine andere Regung als Dankbarkeit gestattet ...«

»Bitte, Onkel George«, griff nun Rachel besänftigend ein. »Wir waren gerade dabei, bestimmte Einzelheiten des Unfalls zu rekapitulieren.«

»Entschuldigung«, murmelte Sir George und drückte seine Zigarette mit einer scheinbar ungeschickten Bewegung so aus, daß er dabei die Asche von seines Bruders Zigarre vom Tisch auf den Teppich wischte.

In diesem Moment kehrte Walker mit einem Staubtuch zurück. Sir George warf ihm einen mitfühlenden Blick zu.

»Ihr Eingreifen ist nicht mehr nötig, Walker«, sagte er mit einem Lächeln.

Walker begriff sogleich den Sinn dieser beinahe kindischen Demonstration. Nun war die Asche also doch mit der Hand entfernt worden. Walker ließ sich keinerlei Regung anmerken.

»Sehr wohl, Sir« sagte er und entfernte sich abermals in Richtung Vorhalle.

»Wo waren wir stehengeblieben, Peter?« fragte Sir Roderic, ohne auf den Vorfall einzugehen.

»Bei der Rückkehr des Handlungsreisenden in die Bar, Onkel.«

»Ach ja. Und warum wollte der Mann zur Polizei?«

»Wie gesagt, Onkel, er wollte noch in derselben Nacht nach Dover. Ich erinnere mich, wie er zum erstenmal hereinkam und ein Bier und ein Würstchen bestellte, aber an sein Weggehen erinnere ich mich nicht.«

»Nein? Wie kannst du dann behaupten, er sei nach fünfzehn oder zwanzig Minuten wiedergekommen?«

Peter nahm die Hände aus den Taschen und ließ sich seinem Onkel gegenüber in einen Sessel fallen.

»Ich bin heute abend nicht in Form«, klagte er. »Die zwanzig Minuten beziehen sich nicht auf den Zeitraum zwischen Weggehen und Wiederkommen, sondern zwischen seinem ersten und seinem zweiten Erscheinen.«

»Wie lange braucht man wohl, auch wenn man sich beeilt, um ein Würstchen zu essen und ein Bier zu trinken, Peter?«

»Nun, schätzungsweise fünf Minuten.«

»Gut.« Sir Roderic betrachtete die Glut seiner Zigarre. »Dazu muß man zwei Minuten rechnen, die der Barmann braucht, um das Bier einzuschenken und das Würstchen zu servieren. Macht insgesamt sieben Minuten. Was folgerst du daraus, Peter?«

»Was ich daraus...«

Walker, der das Gespräch im Vorraum mit anhörte, fragte sich, ob der junge Mann wirklich so dumm war, wie er sich stellte.

»Der tödliche Unfall ereignete sich ungefähr drei Kilometer von hier, zwischen Ramsgate und Margate. Wenn wir sieben Minuten von deinen fünfzehn bis zwanzig Minuten abziehen, dann hätte der Handlungsreisende in acht bis dreizehn Minuten zum Unfallort und zurück an die Bar fahren müssen, und das sind jedesmal über zwölf Kilometer! In dieser kurzen Zeit ist das unmöglich, Peter, findest du nicht auch?«

»Ich – ich ... Du verwirrst mich, Onkel.«

»Hast du dir das mit dem Bier und dem Würstchen nicht nur eingebildet? Hast du in Wirklichkeit die Bar nicht zugleich mit dem Handlungsreisenden betreten, der glaubte, Zeuge eines Unfalls geworden zu sein?«

»Aber warum hätte ich mir die Geschichte mit dem Bier und dem Würstchen ausdenken sollen, Onkel?«

»Das weiß ich noch nicht, aber ich werde schon noch dahinterkommen. Sag mal, bist du in der Nacht des Unfalls nicht ein paar Minuten nach Billy und Dodson hier losgefahren?«

»Ich weiß nicht mehr, wie lange nach ihnen.« Peter hielt plötzlich inne, als ihm Sir Roderics Gedankengang dämmerte. »Du willst doch nicht etwa behaupten, ich hätte durch riskantes Überholen Billy und Dodson auf dem Gewissen?«

»Das führt zu weit, Roderic!« protestierte Sir George. »Laß dich bitte nicht zu verschleierten Anklagen gegen den Jungen hinreißen.«

»Ich bin an der Diskussion schuld«, sagte Rachel. »Ich glaube, wir sind heute abend alle gereizt und lassen uns hinreißen, jeder auf seine Weise.«

»Das finde ich auch«, brach Maud ihr bisheriges Schweigen.

»Sprechen wir von etwas anderem«, schlug Lady Ann vor.

»Gern, Tante, aber ich kann diese Anschuldigung nicht auf mir sitzenlassen!« erklärte Peter. »Vielleicht habe ich mich in der Zeit geirrt. Vielleicht habe ich den Mann auch erst nach einer Dreiviertelstunde zum zweitenmal hereinkommen sehen!«

»Am besten, Peter, du überschläfst die Sache noch einmal«, meinte Rachel. »Denn was du jetzt sagst, widerspricht der Tatsache, daß du in der fraglichen Nacht kurz nach Billy von hier weggefahren bist.«

»Sehr richtig!« rief Sir George. »Du bist noch völlig durcheinander, Junge. Wie hätte der Handlungsreisende glauben können, einen Unfall mit angesehen zu haben, der sich schon eine Stunde vorher ereignet hatte?«

»Ich weiß nicht mehr, was ich sagen soll«, mußte Peter zugeben. »Ich bin fünf oder zehn Minuten nach Billy von hier aufgebrochen.«

»Also hättest du«, sprach Sir Roderic weiter, »sehr wohl zum Zeugen des Unfalls werden können oder gar zu seinem Urheber!«

»Nicht so hastig, Roderic!« bremste George abermals. »Peter hat sich in der Zeit geirrt, das ist alles.«

»Ich behaupte ja nicht, daß es so war«, verteidigte sich Roderic. »Ich behaupte nur, daß es nach Lage der Dinge so hätte sein können.«

»Ich bin dafür, daß wir die Atmosphäre nicht weiter vergiften«, schlug Maud vor. »Schließlich steht ja noch nicht einmal fest, ob überhaupt ein verbrecherisches Überholmanöver stattgefunden hat.«

Dieser Einwurf wurde zunächst einmal mit völligem Schweigen beantwortet.

Im Vorraum wagte Walker kaum zu atmen und lauschte gespannt, bis endlich die Stimme von Sir George erklang.

»Ich für meine Person gedenke die Atmosphäre dadurch zu reinigen, daß ich mich zurückziehe«, verkündete er und stand auf. »Gute Nacht, Ann. Gute Nacht, Roderic . . .«

Lautlos huschte Walker aus dem Vorraum in die Anrichte. Er konnte nicht ahnen, daß Rachel seinen Schatten an der Wand gesehen hatte.

3

Als Walker draußen auf dem Gang den Fußboden knarren hörte, legte er das Buch auf den Nachttisch und schaute unwillkürlich auf die Uhr: fünfundzwanzig Minuten nach Mitternacht. Gleich danach hörte er sich nähernde Schritte, die vor seiner Tür innehielten.

Walker drehte sich im Bett herum und starrte die Tür an.

Langsam begann sich der Türknauf zu drehen. Walker schlug die Decke zurück, schlüpfte in seine Hausschuhe, schlich geräuschlos zur Tür und preßte sich daneben gegen die Wand.

Das Türschloß machte ein Geräusch, und der Knauf kehrte in seine Ausgangsposition zurück. Unmittelbar danach klopfte jemand dreimal mit dem Finger gegen die Tür.

Walker zog seinen Schlafrock an und öffnete.

Draußen stand Rachel Slaughter und musterte ihn mit dem gleichen Ausdruck wie bei Tisch.

»Haben wir uns nicht schon irgendwann einmal gesehen?« fing sie einfach an. »Oder irre ich mich, Walker?«

»Sie irren sich nicht, Miss Rachel«, bestätigte Walker. »Es war vor etwa einem Monat.«

»Wo?«

»In Margate. Nach meiner Ankunft aus Afrika machte ich eine Woche im ›Bicken Hall‹ Ferien.«

»Ach ja. Vor etwa einem Monat hatte ein gemeinsamer Freund meinen Bruder und mich in dieses Hotel eingeladen...« Nach kurzem Zögern fuhr Rachel fort: »Jetzt fällt es mir wieder ein. Ich habe Sie von hinten mit unserem Freund verwechselt, weil Sie wie er einen orangefarbenen Rollkragenpullover trugen.«

»Das wußte ich damals nicht. Ich hörte nur, wie Sie mich Mike nannten...«

»Ja, Mike Lewin, mit dem hatte ich Sie verwechselt. Darf ich eintreten, Walker?«

»Hier? Ich weiß nicht recht, Miss...«

»Wieso denn?«

»Sir Roderic hat mich sowieso schon sehr ungnädig aufgenommen. Ihre Anwesenheit in meinem Zimmer zu so später Stunde könnte zu falschen Auslegungen Anlaß bieten...«

»Machen Sie sich keine Sorgen wegen meines Vaters, Walker. Hunde, die bellen, beißen nicht, heißt es im Sprichwort. Und ich bin schließlich kein Kind mehr und weiß, was ich tue.«

»Ich möchte nur gern meinen Posten behalten, Miss.«

»Also, lassen Sie mich nun herein oder nicht?« fragte Rachel.

Nach kurzem Zögern gab Walker ihr den Weg frei. Rachel schloß die Tür hinter sich und blickte sich im Zimmer um.

»Sie lesen den Roman der DER ALPTRAUM?« fragte sie, als sie das Buch auf dem Nachttisch entdeckte.

»Allerdings. Sogar schon zum zweitenmal.«

»Finden Sie es nicht auch, besonders für einen Kriminalroman, hervorragend geschrieben?«

»Nun ja«, druckste Walker herum.

»Leider kenne ich kein anderes Buch von diesem – wie heißt der Autor? Peter Wager«, las Rachel von der Titelseite ab.

»DER ALPTRAUM ist sein Erstlingswerk«, erläuterte Walker. »Er hat eigentlich Medizin studiert, begann jedoch zu schreiben.«

»Hm.« Rachel griff nach dem Zigarettenpäckchen neben dem Buch.

»Darf ich?«

»Aber selbstverständlich.«

Walker zog beflissen sein Feuerzeug aus der Tasche des Schlafrocks.

Rachel deutete auf den Ohrensessel neben dem Fenster.

»Darf ich mich einen Moment setzen?« fragte sie.

Ihre Unbefangenheit ließ darauf schließen, daß sie völlig frei von gewissen Vorurteilen war, denen andere Leute ihr Verhalten unterordnen. War es das, was die Köchin mit den Worten ›fast so verrückt wie ihr Bruder‹ gemeint hatte?

»Aber ja«, sagte Walker schließlich. »Wenn Sie es nicht zu gewagt finden, sich zu dieser Stunde im Zimmer des Butlers aufzuhalten... Im übrigen brauchen Sie nicht um Erlaubnis zu bitten.«

»Da irren Sie sich, Walker«, widersprach sie, und Walker fiel auf, was für ein reizendes Lächeln sie hatte. »Das ist Ihr privates Reich.« Ihre schlanke Hand beschrieb einen Kreis im Raum. Dann klopfte sie die Asche ab, zog wieder an der Zigarette und fuhr fort: »Mein Vater war wieder mal himmlisch, finden Sie nicht?«

Walker schwieg.

»Ich weiß genau, was Sie von ihm denken«, sprach Rachel weiter. »Ein affektierter Egoist, ein Diktator, eiskalt und gefühllos. Und was noch schlimmer ist, Walker, Sie haben recht. Kein Wunder, daß aus seiner Verbindung mit meiner Mutter so exzentrische Kinder hervorgingen! Allerdings – mein Bruder war nie egoistisch, und ich bin es auch nicht...« Sie brach ab, warf Walker einen prüfenden Blick zu. »Langweile ich Sie?«

»Ganz und gar nicht«, widersprach er galant.

»Onkel George ist das genaue Gegenteil meines Vaters. Ein Schwächling, sein Leben lang. Alles, was er anpackt, mißlingt ihm ... Er, Maud und Peter sind der Gnade meines Vaters ausgeliefert. Maud wartet darauf, daß ein Märchenprinz sie entführt. Peter ist ein kompletter Idiot. Angeblich studiert er Archäologie, aber ich glaube nicht, daß er es darin zu etwas bringen wird.«

»Darf ich Sie etwas fragen, Miss Rachel?« unterbrach Walker ihren Redefluß.

»Natürlich, was Sie wollen.«

»Warum erzählen Sie mir das alles?«

»Nehmen wir an, ich konnte nicht einschlafen«, sagte Rachel und drückte die Zigarette aus. »Aber das ist es nicht allein. Ich war mir sicher, daß ich Sie schon irgendwo gesehen hatte, und zwar nicht als Butler. Und dann – Sie haben sich sehr für unsere Diskussion interessiert...«

»Wie darf ich das verstehen, Miss Rachel?«

Sie lächelte wieder, aber diesmal war eine gehörige Portion Spott mit dabei.

»Tun Sie nicht so, Walker. Sie haben von der Halle aus alles mit angehört.«

»Da Sie es so entschieden behaupten, Miss Rachel, dürfte Leugnen wohl zwecklos sein«, bemerkte Walker und erwiderte ihr Lächeln. »Ich hätte allerdings schwören mögen, daß niemand meine Anwesenheit bemerkt hat.«

»Ihr Schatten hat Sie verraten, Walker«, klärte sie ihn auf. »Und Ihre Neugier – kommt die von der Lektüre allzu vieler Kriminalromane?« Sie deutete auf das Nachttischchen.

»Nein, Miss«, sagte Walker und griff zerstreut nach dem Zigarettenpäckchen, zog die Hand jedoch gleich wieder zurück.

»Warum rauchen Sie nicht?«

»Es erscheint mir in Ihrer Gegenwart nicht schicklich.«

»Seien Sie doch nicht so antiquiert! Schließlich bin ich sozusagen bei Ihnen eingedrungen.«

Walker ging nicht weiter darauf ein.

»Meine Neugier hat ganz andere Gründe«, sagte er, durchmaß mit bedächtigen Schritten das Zimmer und blieb mit dem Rücken zum zugezogenen Fenstervorhang stehen. »Um wieviel Uhr ereignete sich der Unfall, der Ihren Bruder und Dodson das Leben kostete?«

»Nach Auswertung aller Spuren und Hinweise glaubt die Polizei, daß sich der Unfall zwischen einundzwanzig Uhr fünfunddreißig und einundzwanzig Uhr vierzig ereignet haben muß. Das stimmt mit der Tatsache überein, daß mein Bruder und Dodson kurz vor halb zehn von hier losgefahren sind.«

»Und worauf stützt die Polizei ihre Ansicht?«

»Auf die zurückgelegte Entfernung und auf die Aussagen des Pförtners von Harper and Co.«

»Und wann brach Ihr Cousin Peter in jener Nacht auf?«

»Kurz nach Billy. Um halb zehn? Fünf Minuten nach halb? Ich weiß es nicht.«

»Ihr Bruder war ein guter Fahrer?«

»Zweifellos!« rief Rachel. »Aber er war leichtsinnig.«

»Und Ihr Cousin?«

»Er fährt auch nicht schlecht, wenn auch vorsichtiger als Billy.«

Walker starrte ein paar Sekunden ins Leere, bevor er dazu Stellung nahm.

»Es läßt sich nicht ganz ausschließen, daß Ihr Cousin für das verhängnisvolle Überholmanöver verantwortlich ist, falls es überhaupt stattfand. Allerdings erscheint es unwahrscheinlich, wenn man den Vorsprung bedenkt, den Ihr Bruder mit hoher Geschwindigkeit herausgefahren haben mußte. Im übrigen jedoch habe auch ich mich an jenem Abend in der ›Flamingo-

Bar‹ aufgehalten, wo Ihr Cousin und der Handlungsreisende weilten...«

»Daher Ihr Interesse!«

»Daher mein Interesse an dem Sachverhalt, der heute abend diskutiert wurde, Miss Rachel«, gab Walker zu.

»Und? Sie waren also in derselben Bar wie mein Vetter und der Handlungsreisende... Warum setzen Sie sich nicht, Walker? Seien Sie doch nicht so schrecklich förmlich!«

Aber Walker ging auch diesmal nicht auf ihren Vorschlag ein, sondern blieb lieber stehen.

»Ihr Cousin kam kurz vor dem Handlungsreisenden ins ›Flamingo‹. Das muß ungefähr um einundzwanzig Uhr fünfundvierzig oder einundzwanzig Uhr fünfzig gewesen sein. Ich erinnere mich, daß ich kurz vor drei Viertel zehn auf die Uhr gesehen hatte. Ich saß an einem Tisch in der Nähe der Theke. Ihr Cousin setzte sich auf einen Hocker, und nach wenigen Minuten kam der Handlungsreisende zurück.«

»Dann hat sich Peter also nicht geirrt!« rief Rachel.

»In diesem Punkt nicht. Allerdings kann er den Handlungsreisenden nicht vorher in der Bar gesehen haben, denn da war Ihr Vetter noch nicht da.«

»Woher wollen Sie das wissen?«

»Weil ich mich schon seit halb neun in dem Lokal befand. Ich blieb bis ungefähr Viertel nach zehn. Da hatte der Regen endlich nachgelassen, und ich fuhr ins Hotel zurück. Aber Ihr Vetter hat auch nicht gelogen, als er behauptete, der Handlungsreisende habe im ›Flamingo‹ ein Bier und ein Würstchen konsumiert. Das tat er wirklich, und er verließ die Bar um einundzwanzig Uhr zwanzig oder einundzwanzig Uhr fünfundzwanzig.«

»Nun verstehe ich überhaupt nichts mehr«, seufzte Rachel. »Wie konnte Peter auf die Idee kommen, uns auf so kindische Weise anzuschwindeln?«

Walker lächelte.

»Zweifellos hörte Ihr Vetter, wie wir anderen Gäste auch, eine Bemerkung des Barmanns, aus der hervorging, daß der Handlungsreisende erst vor kurzem ein Bier und ein Würstchen verzehrt hatte. Diese Bemerkung fiel, als der Handlungsreisende zurückkam, um der Polizei einen Verkehrsunfall zu melden.«

»Und Peter hat uns seine Version des Vorfalls aus Angst aufgetischt – oder um ein Alibi zu konstruieren?« fragte Rachel.

»Ja, Miss, das glaube ich. Aber daß er so unbeholfen und kindisch gelogen hat, scheint mir eher auf seine Unschuld hinzuweisen. Warum sollte er ein Überholmanöver ins Gespräch bringen, falls er selbst schuldig war? Er hat sein Alibi konstruiert, ohne sich über die Situation Rechenschaft abzulegen, gleich nachdem er erfahren hatte, daß Ihr Bruder und Dodson bei dem Unfall ums Leben gekommen waren. Und zwar, scheint mir, weil alle hier im Hause wußten, daß er kurz nach Ihrem Bruder aufgebrochen war.«

Rachel dachte kurz darüber nach.

»Ich glaube, Sie beurteilen das richtig, Walker«, meinte sie dann. »Ihnen fehlt jedenfalls das nicht, wovon Peter kaum etwas mitbekommen hat ...«

»Bitte?«

»Ich meine die Intelligenz, Walker. Sie besitzen genug davon. Darf ich Ihnen eine Frage stellen, die Sie vielleicht als indiskret empfinden werden?«

Walker schaute sie nur erwartungsvoll an.

»Warum sind Sie Butler?«

Walker mußte lachen.

»Darf ein Butler Ihrer Meinung nach nicht intelligent sein?«

»Das habe ich damit nicht sagen wollen. Ich meine, warum üben Sie keinen anderen Beruf aus, der Ihnen vielleicht mehr entspricht?«

»Ich führe eine Familientradition weiter, Miss Rachel. Schon mein Vater und mein Großvater –«

»Na schön.« Rachel winkte ab. »Es geht mich nichts an. Aber

kommen Sie sich hier, in diesem Haus, nicht fehl am Platz vor?«

»Ich wüßte nicht, warum«, sagte Walker ehrlich erstaunt.

»Sie sind hier in eine Art Dschungel geraten. Die Tiere erscheinen zwar nach außen hin einig, aber keines läßt eine Gelegenheit vorübergehen, dem anderen die Krallen zu zeigen.« Rachel stand auf und ging zum Nachttischchen. »Darf ich mir noch eine Zigarette nehmen?« fragte sie.

»Ohne weiteres.«

Walker brachte abermals sein Feuerzeug zum Vorschein, und Rachel nahm wieder im Ohrensessel Platz.

»Verständlich, daß mein Benehmen Sie verwirrt. Sie müssen mich für verrückt halten. Sie sind unser neuer Butler, ich kenne Sie erst seit ein paar Stunden, und da klopfe ich an Ihre Tür, aus Neugier und um Ihnen mein Herz auszuschütten ... nun ja, ich weiß selbst, daß ich ein bißchen verrückt bin. Aber daß ich es weiß, ist vielleicht ein mildernder Umstand, oder?«

»Um die Wahrheit zu sagen – ja, Ihr Verhalten überrascht mich. Aber für verrückt halte ich Sie ganz und gar nicht.«

»Abgesehen von meiner Neugier weiß ich auch nicht, warum ich gekommen bin, Walker. Anscheinend flößen Sie mir Vertrauen ein. Gewiß, ich verstehe mich sehr gut mit meiner Mutter und auch mit Onkel George, aber wenn ich mit ihnen spreche, dann bleibt die Unterhaltung immer oberflächlich. Und mit dem ›Tiger‹ in diesem Dschungel, mit meinem Vater, habe ich mich noch nie verstanden. Ich werde den Verdacht nicht los, daß es in seinem Leben irgendeine dunkle Seite gibt, irgend etwas Zwielichtiges, worüber er mit Grabesschweigen hinweggeht.«

»Ich halte mich nicht für berechtigt, in die Intimsphäre Ihrer Familie einzudringen«, beeilte sich Walker zu versichern.

»Zugegeben, Walker. Aber in diesem Fall bin ich es, die sich Ihnen aufdrängt.«

»Jedenfalls bringen Sie mich in eine wenig beneidenswerte Lage, Miss.«

»Bedeutet es wirklich ein Opfer für Sie, mir zuzuhören, Walker? Dann bringen Sie es... Mir fehlt es an nichts, wie Sie sich denken können, aber der Überfluß ist oft noch schlimmer als die Not. Manchmal nehme ich zum Beispiel Schlafmittel. Und warum? Damit ich nicht zu grübeln anfange. Warum ist in diesem Haus, ebenso wie in unserem anderen, keine Spur von Glück zu finden? Gibt es wirklich einen dunklen Punkt im Leben meines Vaters, und ist es das, was auf uns allen lastet? Und der arme Onkel George, diese gescheiterte Existenz unter der Fuchtel seines Bruders... Und meine Mutter, dieses bewundernswerte Wesen, die immer wieder alle Zusammenstöße, zu denen es laufend zwischen uns kommt, dämpfen muß!«

»Was führt Sie zu der Vermutung, in Sir Roderics Leben gebe es einen dunklen Punkt?«

»Ein Telefongespräch, das ich vor ungefähr vier Jahren zufällig mit angehört habe, von meinem Zimmer aus. Ich weiß, ich hätte den Hörer gleich wieder auflegen sollen, aber... Mein Vater telefonierte mit Harman Atwood, unserem Anwalt, und der sagte gerade: ›Ich habe heute wieder einen Brief von ihr bekommen, du sollst das Monatsgeld erhöhen, die Zeiten hätten sich geändert...‹ Vater versprach, sich die Sache zu überlegen. Von dem Moment an, Walker, habe ich meinen Vater noch mehr verabscheut.«

»Das erscheint mir nicht ganz richtig von Ihnen, Miss«, gab Walker zu bedenken. »Er ist immerhin Ihr Vater, und was für Fehler er auch begangen haben mag oder vielleicht noch begehen wird –«

Ihr lautes Lachen schnitt ihm das Wort ab.

»Sie haben ja keine Ahnung von unserem ehrenwerten Sir Roderic, Walker!« rief Rachel. »Vor vielen Jahren, kaum verheiratet, hatte er ein Verhältnis mit einer anderen Frau, und dieses Verhältnis blieb nicht ohne Folgen... Ich glaube allerdings, daß die Frau mittlerweile gestorben ist. Ihren Namen konnte ich nie erfahren.«

»Miss Rachel, ich stehe in den Diensten Sir Roderics und seiner Familie. Ich habe meine Pflicht zu tun, und solange man mich respektiert, darf ich mir keinerlei Einmischung in die Familienprobleme erlauben.«

»Mit anderen Worten – ich soll endlich aufhören, Ihnen in den Ohren zu liegen, und mich aus dem Staub machen?« fragte Rachel.

»Um Himmels willen! Wo denken Sie hin? Mag Ihr Verhalten mich auch noch so sehr in Erstaunen versetzen, schon aus Pflichtbewußtsein bin ich bereit, Ihnen notfalls die ganze Nacht zuzuhören ...«

»Das wird wohl kaum nötig sein. Beruhigen Sie sich«, sagte Rachel, offenbar in ihrem Stolz verletzt, und erhob sich. »Ich hielt Sie für intelligent und lebenserfahren, deshalb habe ich mich Ihnen anvertraut. Vielleicht hätte ich doch lieber ein Schlafmittel nehmen sollen.«

Sie ging zur Tür und legte die Hand auf den Türgriff.

»Wenn Sie gestatten, Miss Rachel, möchte ich Ihnen von Schlafmitteln ernstlich abraten. Von einigen kann man nämlich sogar süchtig werden.«

»Vielen Dank für den Rat, Walker.«

Rachel ging hinaus und schlug die Tür heftig hinter sich zu. Abermals hörte Walker, wie der Fußboden draußen knarrte, dann verloren sich Rachels Schritte in der Entfernung.

Nachdem Walker den Schlafrock ausgezogen und sich ins Bett gelegt hatte, zündete er sich endlich eine Zigarette an und griff wieder nach dem Roman DER ALPTRAUM. Bevor er jedoch zu lesen fortfuhr, starrte er noch eine Weile an die Decke. Die Worte der Köchin Elsie gingen ihm nicht aus dem Sinn. ›So schön wie ihre Mutter und fast so verrückt wie ihr Bruder ...‹

Rachel Slaughter erschien ihm keineswegs verrückt im pathologischen Sinne, aber zweifellos war sie ein Mädchen ohne jegliche Vorurteile, aufgeweckt und objektiv, ohne Verständnis für die von der Gesellschaft seit alters her errichteten Klassenschranken. Rachel schien zu jenen Menschen zu gehören, denen die Mittel egal sind, wenn sie nur ihren Zweck erfüllen ...

Es wurde zwei Uhr früh, bis Walker endlich die Nachttischlampe ausknipste.

Inspektor John Asquith hatte Ähnlichkeit mit Harman Atwood, besonders was seinen Wuchs betraf; aber auch das eckig geschnittene Gesicht mit den tiefen Falten um die Mundwinkel ähnelte dem des Anwalts. Sein Blick war aufmerksam und durchdringend. Der Inspektor trug einen gutsitzenden dunkelgrauen Anzug.

»Ich möchte gern zu Sir Roderic Slaughter«, sagte er obenhin, als Walker ihm die Tür öffnete.

»Wen darf ich melden, Sir?«

Asquith brachte seine Brieftasche zum Vorschein und zeigte Walker seinen Dienstausweis.

»Inspektor Asquith«, stellte er sich vor, steckte den Dienstausweis wieder ein und nahm den Hut ab.

Walker ließ ihn eintreten und führte ihn in den Salon.

»Ich sage Sir Roderic sofort Bescheid, Inspektor. Einen Moment, bitte.«

Als er auf dem Weg zur Treppe die Vorhalle durchquerte, hörte Walker das Glockenspiel der alten Standuhr elf schlagen. Er stieg in den zweiten Stock hinauf, eilte durch den Gang und klopfte an die Tür von Slaughters Zimmer.

»Herein«, knurrte dieser schlecht gelaunt.

»Guten Morgen, Sir.«

»Guten Morgen. Was gibt's, Walker?«

»Inspektor John Asquith bittet Sie, ihn zu empfangen, Sir.«

»Wo ist er?«

»Im Salon, Sir.«

»Sagen Sie ihm, ich komme gleich.«

»Sehr wohl, Sir.«

Walker drehte sich um und öffnete die Tür.

»Noch etwas, Walker.«

Er wandte sich wieder Slaughter zu.

»Bitte, Sir?«

»Nehmen Sie gefälligst zur Kenntnis, daß ich in meinem Haus keine Unkorrektheiten dulde.«

»Ich bin mir nicht bewußt, Sir –«

»Ich weise Sie ganz allgemein darauf hin. Haben Sie verstanden?«

»Gewiß, Sir.«

»Dodson hat zehn Jahre lang zu meiner uneingeschränkten Zufriedenheit für mich gearbeitet. Ich hoffe sehr, daß Mr. Atwood sich nicht in Ihnen getäuscht hat, als er Sie uns empfahl.«

Walker beobachtete Slaughter, der sich gerade die Krawatte band, im Spiegel. Irrte er sich, oder war das Gesicht wirklich frei von jedem Ausdruck, wie aus Stein gemeißelt? Die Blicke der beiden kreuzten sich, und Sir Roderic fragte scheinbar unbeeindruckt: »Worauf warten Sie noch, Walker?«

»Auf Ihre Befehle, Sir.«

»Sie können gehen. Und sagen Sie dem Inspektor, ich komme gleich.«

»Sehr wohl, Sir.«

Walker kehrte in den Salon zurück. Asquith blickte ihm erwartungsvoll entgegen.

»Sir Roderic wird gleich nach unten kommen.«

»Danke«, sagte der Inspektor und widmete sich weiter der Zeitschrift, die er auf dem Tisch vor dem Sofa gefunden hatte.

Bevor Walker den Salon wieder verließ, zögerte er ein paar Sekunden. Dann durchquerte er abermals die Halle und stieg in sein eigenes Zimmer hinauf.

Er kippte sich den Inhalt des Aschenbechers in die Hand und stopfte das Zeug in die Tasche seines gestreiften Jacketts. Dann schloß er die unterste Schublade der Kommode auf und entnahm ihr einen kleinen Apparat, den er zwischen Jackett und Hemd versteckte.

Dann stieg er ungesäumt wieder die Treppe hinunter. Auf dem Treppenabsatz des ersten Stocks wurde er von einer Frauenstimme angehalten.

»Walker.«

Er drehte sich um und erblickte Lady Ann.

»Guten Morgen, Madam.«

»Guten Morgen«, antwortete Lady Ann lächelnd. »Nach dem Mittagessen fahren Sie mich doch bitte nach Margate, Walker, wo ich bis gegen Abend zu tun habe.«

»Wann wünschen Sie aufzubrechen, Madam?«

»Um halb drei.«

»Geht in Ordnung, Madam.«

Lady Anns Lächeln wurde noch etwas herzlicher.

»Ich möchte Ihnen sagen, daß ich mit Ihnen zufrieden bin, Walker.«

Zwischen ihr und ihrem Gatten bestand ein Unterschied wie zwischen Tag und Nacht. Wie war es nur möglich, daß Lady Ann einen so reizbaren Menschen wie Sir Roderic ertrug?

»Ich danke Ihnen, Madam«, sagte Walker. »Ich hoffe, meinen Dienst auch weiterhin zu Ihrer Zufriedenheit zu verrichten.«

»Davon bin ich überzeugt.«

Unverhofft tauchte Roderic Slaughter neben ihnen auf. Keiner von beiden hatte seine Schritte gehört.

»Sie stehen noch immer da herum?« fragte Sir Roderic. »Sie haben Inspektor Asquith noch nicht ausgerichtet, was ich ihm sagen ließ?«

»Doch, Sir.«

»Ich wußte gar nicht, daß Asquith da ist«, sagte Lady Ann.

»Ich nehme an, er hat etwas mit mir zu besprechen«, erklärte Sir Roderic.

»Heißt das, ich soll nicht in den Salon kommen?«

»Wie du willst...«

»Nein. Wie du willst, Roderic. Aber ich erwarte, daß du mich informierst, falls etwas Wichtiges zur Sprache kommt.«

»Gewiß. Ich nehme an, es wird sich nicht um eine geheime Konferenz handeln«, meinte er mit mißlungener Ironie.

Lady Ann wandte sich ab und stieg die Treppe hinunter, gefolgt von ihrem Gatten. Walker schloß sich ihnen an. Unten ging Lady Ann in die Küche weiter, während Walker Sir Roderic in den Salon folgte.

Inspektor Asquith stand auf und begrüßte den Hausherrn. Dieser schenkte ihm jedoch nicht seine ungeteilte Aufmerksamkeit, da er mit einem Seitenblick Walker an der Tür stehen sah.

»Sie können gehen«, befahl Sir Roderic, aber Walker traf keine Anstalten dazu, im Gegenteil.

»Einen Moment, Sir«, bat er und ging zum Sofa hinüber, hinter dessen Rückenlehne er sich so niederkniete, daß weder der Inspektor noch Sir Roderic ihn sehen konnte.

Unbemerkt streute Walker etwas Asche und drei Zigarettenstummel auf den Teppich.

»Was machen Sie da?« fragte Sir Roderic mit gerunzelter Stirn.

»Verzeihung, Sir, aber beim Staubsaugen heute morgen scheint ein kleines Malheur passiert zu sein«, sagte Walker und klaubte ostentativ die Zigarettenstummel wieder auf.

»Gehen Sie endlich«, schnaubte Sir Roderic ungehalten.

»Sehr wohl, Sir, selbstverständlich.«

Walker stand auf und wandte sich zur Tür, während Sir Roderic in dem Lehnsessel links vom Inspektor Platz nahm.

»Ich habe Sie aufgesucht, Sir Roderic...« begann Asquith.

Mehr bekam Walker nicht zu hören, denn inzwischen hatte er die Vorhalle erreicht und schloß die Tür zum Salon.

Er wollte gerade in die Küche gehen, da trat Rachel ihm in

den Weg und starrte interessiert seine Hand mit der Asche und den drei Zigarettenstummeln an.

»Sie geben nicht auf, Walker, wie?« fragte sie in ziemlich bissigem Ton.

»Verzeihen Sie, aber ich verstehe nicht, Miss . . .« antwortete Walker zögernd.

»Trotz der Szene von gestern abend haben Sie es fertiggebracht, das da mit der Hand zu entfernen, und zwar vor den Augen meines Vaters!« rief Rachel aus und deutete auf die Zigarettenstummel.

»Es geschah nicht aus Starrköpfigkeit, Miss, sondern notgedrungen«, erklärte Walker. »Beim Staubsaugen scheint ein kleines Malheur passiert zu sein, und ich habe es erst bemerkt, als Inspektor Asquith schon da war.«

»Ach. Ist er jetzt bei meinem Vater?«

»Allerdings. Und Sir Roderic wünscht nicht gestört zu werden.«

»Ich habe nicht die Absicht, mich aufzudrängen. Ich wollte Ihnen nur sagen, Walker, daß Sie heute mittag kein Gedeck für mich aufzulegen brauchen. Ich esse nicht zu Hause«, sagte sie und wendete sich zur Tür.

»Sehr wohl, Miss.«

Rachel trug eine dunkelblaue Hose und einen weißen Baumwollpullover mit Rollkragen, der mit dem Bronzeton ihrer Haut und dem auf die Schulter fallenden Haar kontrastierte. In der Hand hielt sie die Schlüssel ihres Wagens, eines metallgrauen Porsche, den Walker in der Garage gesehen hatte.

Bevor sie das Haus verließ, drehte sich Rachel noch einmal um.

»Entschuldigen Sie, daß ich Sie vergangene Nacht mit meiner Schlaflosigkeit belästigt habe, Walker«, sagte sie in gereiztem Ton. »Ich habe nachher zwei Tabletten genommen, und alles war in Ordnung.«

»Kein Grund, sich deshalb bei mir zu entschuldigen, Miss...«

Aber das hörte Rachel nur noch zum Teil. Sie schlug die Haustür hinter sich zu, und wenige Augenblicke später hörte Walker das Aufheulen des Motors, als sie losfuhr.

Endlich betrat er die Küche.

4

Walker brachte den Wagen vor dem Friseursalon Jane & Ken in Margate zum Stehen und schickte sich an, Lady Ann Slaughter die hintere Tür zu öffnen.

»Bei mir brauchen Sie sich mit dergleichen nicht aufzuhalten«, sagte Ann, öffnete die Tür selbst und stieg aus. »Holen Sie mich in zwei Stunden wieder von hier ab. Bis dahin tun Sie, was Sie wollen.«

»Besten Dank, Madam.« Walker blickte auf die Uhr. »Dann bin ich also um sechs Uhr wieder hier«, versprach er.

»Abgemacht. Bis dahin dürfte ich fertig sein.«

Walker wartete, bis sie den Friseursalon betreten hatte, dann ließ er den Motor wieder an, legte den Gang ein und fuhr zurück in Richtung Ramsgate.

Auf der Küstenstraße, nahe dem Eingang der Firma Harper & Co., hielt er an, stieg aus und öffnete den Kofferraum. Er legte das Sakko der Chauffeursuniform und die Mütze ab, zog statt dessen einen schwarzen Rollkragenpullover an und verschloß den Kofferraum wieder.

Dann wendete er und parkte den Wagen am gegenüberliegenden Straßenrand. Es war ein ruhiger Nachmittag, der Himmel leuchtete in reinem Blau. Walker befand sich genau an der Stelle, von wo aus der Pförtner von Harper & Co bei Nacht und strömendem Regen beobachtet hatte, wie es zu dem für William Slaughter und Dodson tödlichen Unfall gekommen war.

Der Wagen hatte die Fahrbahn hinter jener Linkskurve verlassen, die von hier aus etwa zweihundertfünfzig Meter entfernt sein mochte.

Walker fuhr ganz langsam los und beobachtete aufmerksam den Straßenrand. Hinter der Kurve fielen ihm einige Holzpflöcke auf, die in Richtung zur Küste hin in den Boden gerammt waren und wohl die Bahn andeuten sollten, die der Wagen genommen hatte, bevor er aus über hundert Meter Höhe abgestürzt war.

Walker hielt in der Nähe des ersten Holzpflocks, an einer Stelle, wo er den Verkehr nicht behinderte. Mit langsamen Bewegungen zündete er sich eine Zigarette an und folgte dann den weißen Markierungen. Nach ein paar Minuten stand er am äußersten Rand des Terrains und schaute in den Abgrund hinunter. Dort unten tobte das Meer, brandete gegen die zackige Felsenküste, und die hochgeschleuderte Gischt glich einem weißen Nebel aus unendlich vielen kleinen Schneeflocken.

Walker zog seinen Feldstecher aus dem Etui und sah hindurch. Ein Teil des Chassis von William Slaughters Wagen klebte noch dort unten an den Felsen. Sonst schien nichts mehr an das Verhängnis zu erinnern. Etwa zehn Meter von den Wrackteilen entfernt befand sich ein schmaler Sandstreifen, den man über einen gewundenen Felspfad links von Walkers Standort erreichen konnte und der bei Ebbe einen Zugang zu der Stelle gewähren mochte, wo der Wagen zerschellt war.

Walker suchte langsam den ganzen Küstenstrich ab, konnte jedoch nichts weiter entdecken. Schon wollte er den Feldstecher wieder verstauen, da glaubte er etwas Schwarzes aus den Wellen auftauchen zu sehen. Sofort riß er das Glas wieder an die Augen. Tatsächlich, ein schwarzer Fleck, der auftauchte und wieder verschwand... Was war das? Ein Tümmler? Irgendein anderer Fisch? Oder – ein menschliches Wesen?

Lange starrte er durchs Fernglas auf dieselbe Stelle. War er etwa einer optischen Täuschung zum Opfer gefallen? Er steckte den Feldstecher wieder ins Etui und kehrte nachdenklich auf die Straße zurück. Gedankenverloren steckte er sich eine Zigarette zwischen die Lippen und blickte, ohne sie anzuzünden, zum Ausgang der Kurve hinüber. Überholmanöver oder nicht – daß es zu einem Unfall gekommen war, leuchtete ein, vor allem wenn man den strömenden Regen in Betracht zog und dazu die überhöhte Geschwindigkeit, mit der William dahinzurasen pflegte. Trotzdem vermutete die Polizei – hauptsächlich aufgrund der Zeugenaussage des Pförtners von Harper & Co. –, daß der Unfall durch ein Überholmanöver verursacht worden war. Fahrlässig oder mit vorsätzlicher Tötungsabsicht? Und im letzteren Falle: Wen sollte man des Mordes an William und Dodson verdächtigen?

Langsam zündete sich Walker schließlich die Zigarette an. Trotz der Widersprüche, in die Peter Slaughter sich verwickelt hatte, konnte man ihn sich kaum als Mörder seines Vetters und des Butlers vorstellen ... Trotzdem durfte man die Möglichkeit nicht außer acht lassen, da er in jener Nacht ja erst fünfzehn oder zehn Minuten vor 22 Uhr die ›Flamingo-Bar‹ betreten hatte, also vielleicht erst nach dem Unfall. Und Maud? War sie in der fraglichen Nacht zu Hause gewesen? Wenn nicht – hatte sie ein Motiv, besaß sie die nötige Kaltblütigkeit? Sir George, von allen als gescheiterte Existenz betrachtet – konnte er den Tod seines Neffen gewünscht, konnte er ihn vor allem herbeigeführt haben?

Walker ging zum Wagen zurück und setzte sich wieder hinters Steuer. Es war zwanzig Minuten vor fünf. Er hatte noch eine Stunde und zwanzig Minuten zur Verfügung, bevor er Lady Ann vom Friseur abholen mußte.

Er hatte für Roderic Slaughter nichts übrig, hielt ihn für egoistisch, tyrannisch, hochmütig bis zum Größenwahn. Aber reichte das aus, um ihn des Mordes an seinem eigenen Sohn zu verdächtigen? Überdies schien er in der Unfallnacht das Haus nicht verlassen zu haben ...

Das traf ebenso auf Ann zu. Und überhaupt – durfte man einer so außergewöhnlichen, moralisch gefestigten Frau einen Mord zutrauen? Noch dazu an ihrem eigenen Sohn? Walker warf die Zigarette aus dem Fenster.

Rachels Bild erstand vor Walkers geistigem Auge, ihr kupferfarbenes Haar, ihre großen Augen, ihre beseelten Züge... Aber Schönheit hat nichts mit Moral zu tun. Rachel war ein unabhängiges Mädchen mit eigenen Ideen. Wäre sie fähig gewesen, ihren Bruder zu töten?

Warum hatte sie ausgerechnet ihn, einen Fremden und Hausangestellten, zum Vertrauten gewählt?

Wer war Mike Lewin, der gemeinsame Freund der Geschwister, mit dem Rachel ihn in der Hotelhalle in Margate verwechselt hatte?

Hatte es zwischen Mike und William irgendwelche Differenzen gegeben?

Elsie und Joyce hatten wohl aller Wahrscheinlichkeit nach nichts mit dem Unfall zu tun. Trotzdem mußte man sich auf alle Fälle auch diese Namen merken...

Blieb der Pförtner von Harper & Co. Eigentlich kam er nicht in Betracht. Nur ein ausgemachter Idiot würde von einem verbrecherischen Überholmanöver berichten, wenn er selbst dahintersteckte. Aber gab es irgendeine Beziehung zwischen ihm und William?

Walker ließ den Motor an und löste die Handbremse. Noch einmal stellte er sich vor, wie es zu dem Unfall gekommen war, bei dem William Slaughter und Dodson den Tod gefunden hatten: die dunkle Nacht, der strömende Regen, das rasende Tempo, plötzlich grelles, blendendes Licht im Rückspiegel, ohrenbetäubendes Hupen, der Wagen schleudert, kommt von der Fahrbahn ab, fliegt wie ein Geschoß in den Abgrund, in den Tod...

Wer kam als Mörder in Frage, falls die Polizei hinsichtlich des Überholmanövers recht behielt. Einer von denen, die Walker hatte Revue passieren lassen, oder jemand, der die Szene noch gar nicht betreten hatte?

Zwölf Minuten vor fünf. Walker fuhr zurück nach Margate.

Walker setzte sich auf einen Hocker an der Bartheke des ›Flamingo‹ und bestellte ein Bier. Er hatte noch immer fast eine Stunde Zeit bis zu seiner Verabredung mit Lady Ann.

»Damals in der Nacht war ein ganz anderes Wetter als heute, stimmt's?« meinte der Barmann lächelnd, als er das Glas vor ihn hinstellte.

Walker schaute ihn durchdringend an.

»Damals in der Nacht?«

»Ja, als der Junge und der Diener den Unfall hatten ...«

»Sie erinnern sich an mich?« fragte Walker.

»Aber sicher. Sie saßen zwei Stunden oder noch länger hier herum.«

Walker nickte.

»Aber seit mindestens drei Wochen haben Sie sich nicht mehr hier blicken lassen.«

»Die Ferien waren zu Ende, ich mußte zurück nach London.«

»Aber jetzt sind Sie wieder da.«

»Richtig. Ich bin der Nachfolger des Butlers, der bei dem Unfall ums Leben kam.«

»Der Nachfolger des Butlers? Sie?« Der Barmann wußte sich vor Erstaunen kaum zu fassen. »Darauf wäre ich von selbst nie gekommen!«

Walker trank einen Schluck Bier.

»Und warum nicht?«

»Nun ja, ich habe ein paar Butler kennengelernt, aber die haben alle anders ausgesehen als Sie. Ich kannte sogar Dodson. Dem hat man den Butler sofort angemerkt ... Heißen Sie etwa Walker?«

»Paul Walker.«

Der Barmann sah sich den Gast genauer an.

»Hm, könnte stimmen«, meinte er dann mehr zu sich selbst. »Inspektor Asquith hat Sie mir heute morgen beschrieben und Ihren Namen genannt, als er wieder mal auf den Handlungsreisenden zu sprechen kam, der ja angeblich Zeuge des Unfalls war, und auf den Neffen von Sir Roderic, der an jenem Abend auch hier war. Erinnern Sie sich?«

Walker nickte abermals.

»Aber der Inspektor hat kein Wort davon gesagt, daß Sie der neue Butler der Familie Slaughter sind!«

»Warum hätte er das auch sagen sollen?«

»Stimmt«, gab der Barmann zu. »Peter hätte dieser wahnsinnige Überholer sein können, von dem die Rede ist, glauben Sie nicht? Ich wette, als er hier ankam, war der Unfall schon geschehen.«

In diesem Moment kam Walker dahinter, daß sich Peters Schuld oder Unschuld vielleicht ganz leicht feststellen ließ.

»Vielleicht kam er erst nach dem Unfall, vielleicht nicht«, meinte Walker obenhin. »Wer war eigentlich dieser Handlungsreisende?«

Der Barmann lachte laut auf.

»Das möchte Inspektor Asquith auch gern wissen!« rief er. »Aber er wird es schon noch herauskriegen.«

Walker konnte sein Erstaunen nicht verbergen.

»Ja, hat er denn nicht Meldung erstattet? fragte er.

»Wieso?« Der Barmann grinste. »Schließlich wußte er auch nichts Genaues. Ihm war nur so, als habe er möglicherweise einen Verkehrsunfall gesehen, und auch das nur teilweise. Der Mann hatte es eilig, nach Dover zu kommen, also habe ich mich angeboten, die Polizei zu verständigen. Und bei dem Regen war natürlich auch die Polizei nicht unverzüglich zur Stelle...

Das war für Walker nun wirklich etwas Neues. Er hatte unwillkürlich angenommen, der Handlungsreisende habe sich auf die Polizeistation begeben, nachdem er die Bar zum zweitenmal verlassen hatte.

»Und der Mann hat nicht einmal gesagt, wie er heißt?«

»Nein. Ich habe, offen gestanden, auch nicht daran gedacht. Na, jedenfalls habe ich ihn dem Inspektor beschrieben, so gut ich konnte.«

Walker nahm wieder einen großen Schluck aus seinem Glas. Wer war dieser eilige Handlungsreisende? Mußte man ihn zu den Verdächtigen zählen? Was hatte er in jener Nacht gesehen? Das eröffnete völlig neue Perspektiven. Und da fiel ihm Mike Lewin wieder ein.

»Glauben Sie, es war Mord?« fragte der Barmann mit leiser Stimme, während er sich über die Theke beugte.

»Glauben Sie es denn?« fragte Walker zurück und trank das Glas halb leer.

»Ich weiß nicht«, mußte der Barmann zugeben. »Manchmal spielen sich die erschütterndsten Dramen ab, wo man es am wenigsten vermutet.«

Insgeheim gab Walker ihm recht.

»Kennen Sie einen gewissen Mike Lewin?« fragte er.

»Lewin? Mike Lewin? Nein, der Name sagt mir nichts.«

»Ungefähr meine Figur, angeblich, besonders von hinten . . .«

Der Barmann schüttelte mehrmals den Kopf. Dann fiel Walker der orangefarbene Rollkragenpullover ein.

»Sie habe ich in so einem Pullover gesehen«, sagte der Barmann prompt.

»Der Mann, den ich meine, hat auch einen.«

»Moment mal.« Der Barmann wischte ein paarmal mit einem feuchten Lappen über die Theke. »Groß? Hellbraunes Haar?«

»Ich habe ihn nie gesehen«, sagte Walker.

»Jetzt erinnere ich mich. Ja, das könnte sein. Der Rollkragenpullover war gelb oder orange. Der Mann hat etwa Ihre Figur. Er war zwei- oder dreimal hier. Ich weiß nicht, wie er heißt, aber er ist so zwischen fünfundzwanzig und dreißig, und er ist bestimmt noch in Margate.«

»Woher wollen Sie das wissen?«

»Weil er, wenn mich nicht alles täuscht, vor knapp drei Stunden hier bei mir einen Whisky getrunken hat... Ist er in den Unfall verwickelt?«

»Ich habe keine Ahnung«, sagte Walker, trank sein Bier aus und zündete sich eine Zigarette an. »Bis jetzt weiß noch niemand mit Sicherheit, ob es sich um einen echten oder um einen provozierten Unfall handelt. Ebensowenig wie ich damals wußte, daß ich aus London nach Margate zurückkehren würde, um die Nachfolge eines der Unfallopfer anzutreten!«

Walker stellte fest, daß es wenige Minuten vor sechs war. Er stieg vom Hocker, zahlte und ging. Der Barmann war hocherfreut, das Wechselgeld behalten zu dürfen.

Bevor Walker zum Friseur zurückfuhr, vertauschte er seinen Rollkragenpullover mit der Chauffeurjacke und der Mütze. Leider blieb ihm keine Zeit mehr, sich im Hotel ›Bicken Hall‹ zu erkundigen, ob Mike Lewin noch in Margate war.

Als er vor dem Friseur hielt, verließ Lady Ann gerade den Salon. Ihre Schönheit und Eleganz waren nicht zu übersehen, auch die neue Frisur stand ihr ausgezeichnet.

Abermals ließ sie nicht zu, das Walker ihr die Tür öffnete. Sie kam ums Auto herum und setzte sich neben ihn.

»Wir können nach Hause zurückfahren, Walker«, sagte sie mit der ihr eigenen Freundlichkeit.

Walker ließ den Motor an und schlug wieder den Weg in Richtung Ramsgate ein.

Als Joyce mit dem Tischdecken fertig war, schlug es gerade halb acht. Walker beobachtete sie vom Sideboard aus, und sie warf ihm einen fragenden Blick zu.

»Es ist gut, Joyce«, sagte er. »Gehen Sie in die Küche.«

Joyce verließ das Eßzimmer. Sie bemerkte nicht, daß Walker ihr in dem großen Wandspiegel nachsah.

Kaum war sie verschwunden, eilte Walker in den Salon und hielt lauschend inne. Jemand hatte die Stereoanlage eingeschaltet. Aus den Lautsprechern zu beiden Seiten des Kamins verklang das Evergreen ›Adios‹, gespielt vom Orchester Max Greger.

Walker kniete sich hinter dem Sofa auf den Teppich und suchte nach dem kleinen Apparat, den er dort verborgen hatte. Aber seine Hand tastete ins Leere!

In diesem Augenblick glaubte er ein Geräusch zu hören. Er zuckte zusammen und starrte sekundenlang die beiden Sessel an, die – mit der Rückenlehne zu ihm – vor dem Kamin standen. Er hockte noch immer sprungbereit da, als hinter ihm eine Stimme erklang.

»Was machen Sie denn in dieser lächerlichen Position?«

Walker ließ sich nichts anmerken. Während er über die Schulter zurückschaute, riß er von seinem Cut unauffällig einen Knopf ab, richtete sich auf und zeigte ihn Sir Roderic.

»Ich habe das da gesucht, Sir Roderic«, antwortete er nicht ohne Genugtuung.

Sir Roderic blieb unbeeindruckt und befahl: »Bringen Sie mir einen Whisky.«

»Sofort, Sir. Pur oder mit Wasser?«

»Ich trinke den Whisky immer mit Wasser. Merken Sie sich das, Walker.«

Walker deutete eine Verbeugung an.

»Für mich bitte einen Dry Martini.«

Aus dem linken der beiden Sessel hatte sich Rachel erhoben und warf ihm einen spöttischen Blick zu. Walker entfernte sich ins Nebenzimmer, wo sich die Hausbar befand. Während er den Whisky eingoß, bemerkte er aus dem Augenwinkel, daß sich ihm jemand näherte.

»Passen Sie auf, daß Sie kein Gift mit hineinschütten«, sagte Sir George und nahm sich ein Glas aus dem Schrank. »Er ist zwar mein Bruder, aber ich könnte in Ihrer Situation vielleicht nicht widerstehen.«

Walker lächelte diskret, während er Rachels Martini mixte.

»Sie lächeln, Walker? Sie trauen es mir nicht zu? Nun sagen Sie bloß nicht, daß Sie mich für einen Heiligen halten! Wenn ich bisher gezögert habe, dann nur, weil ich nie Gift bei der Hand hatte!« Er lachte und schenkte sich zwei Finger hoch Whisky ein. »Ich trinke den Whisky übrigens immer pur. Aber Sie brauchen es sich nicht zu merken, denn ich bin ein gewöhnlicher Sterblicher wie Sie und bediene mich selbst.«

Er trank das Glas in einem Zug leer, stellte es ab und ging in den Salon.

Walker schaute ihm nachdenklich nach und stellte die beiden für Sir Roderic und Rachel bestimmten Gläser auf ein Silbertablett. Als er in den Salon kam, hatten sich auch Lady Ann, Maud und Peter eingefunden.

Als Walker später das Abendessen servierte, entging ihm keiner der prüfenden Blicke, die Rachel ihm zuwarf, aber er war nicht imstande, die Gedanken zu erraten, die sich hinter ihrer schönen Stirn, hinter ihren heiteren Augen verbargen.

An diesem Abend sprach niemand von dem Unfall und von Williams Tod...

Um Mitternacht lag Saint Cross Mansion in völliger Stille da. Nicht einmal das Surren einer Mücke hätte Walker überhört. Um so weniger entging ihm das Geräusch am Fenster. Noch bevor er das Licht löschte, sah er das Loch im Glas und die Sprünge ringsum.

Unmittelbar danach knipste er das Licht aus. Er wartete nicht ab, bis sich seine Augen an die Dunkelheit gewöhnt hatten, sondern tastete sich zu dem Ohrensessel, auf dem seine Kleider lagen, holte den Schlüsselbund aus der Hosentasche und suchte den Schlüssel heraus, der zu den Schubladen der Kommode paßte.

Er öffnete die unterste Schublade, wühlte in der Wäsche und zog dann seine Smith & Wesson heraus. Als er das kalte Metall berührte, ließ die Panikstimmung schlagartig nach. Er entsicherte die Waffe und schlich vorsichtig zum Fenster.

An die Wand gepreßt sah er nun ganz deutlich das feine Spinnengewebe der Sprünge und mittendrin das kreisrunde Loch. Er hielt den Atem an, machte einen Schritt weiter und starrte hinaus in den Garten.

Nichts zu sehen. Aber vielleicht versteckte sich jemand hinter den Bäumen oder im Gebüsch. Was hatte das alles überhaupt zu bedeuten? Jemand hatte aus einer Waffe mit Schalldämpfer einen Schuß abgefeuert. Das Geschoß mußte sich irgendwo im Zimmer befinden. Wollte ihn jemand auf diese unbegreifliche Weise einschüchtern? Wenn es so war, dann ...

Zögernd ging Walker zum Bett zurück. Er legte die Pistole weg und schlüpfte in den Schlafrock. Dann griff er sofort wieder nach der Waffe, ging zur Tür, trat auf den Gang hinaus und wandte sich zur Treppe, die in die Vorhalle hinabführte. Durch das Deckenfenster drang Mondlicht herein und zeichnete gespenstische Schatten auf den Teppich und an die Wände.

Unten schlug ihm ein kühler Luftzug entgegen. Unwillkürlich wandte er sich zum Eingang des Salons. Der Vorhang eines der Fenster auf der Gartenseite blähte sich in der nächtlichen Brise. Walker ging hinter dem Türrahmen in Deckung. Er hielt die Waffe schußbereit in der Hand und starrte weiterhin den Vorhang an, der phantastische Figuren in den Raum zeichnete.

Offenbar handelte es sich bei der Person, die den Schuß abgefeuert hatte, um einen Hausbewohner, der durchs Fenster in den Garten gelangt und auf demselben Weg wieder zurückgekehrt war. Oder vielleicht war er noch nicht zurückgekommen, da er dann das Fenster vermutlich wieder geschlossen hätte ...

Wo befand sich der Betreffende? Noch im Garten? Oder schon im Salon, im Schutz der Möbel und ihrer Schatten? Walker hatte keine Lust, dem Unbekannten als Zielscheibe zu dienen.

Da kam ihm eine Idee. Langsam griff er mit der linken Hand in die Tasche des Schlafrocks und zog ebenso langsam das

Feuerzeug heraus. Er umklammerte die Pistole noch fester und warf dann das Feuerzeug in den Salon.

Das Feuerzeug schlitterte über Holz dahin, und dann hörte man das Geräusch von zersplitterndem Glas. Falls sich jemand im Salon befand, reagierte er nicht sofort, was Walker irritierte und seine Angst wieder anwachsen ließ. Er spürte, wie seine Hand, die die Waffe hielt, schwitzte.

Da flammte einer der Lüster des Salons auf, und Walkers Finger zuckte am Abzug.

»Stecken Sie die Waffe ein, und schließen Sie die Tür, Walker. Ich möchte nicht, daß man uns hört, und Sie haben ohnehin schon genug Lärm gemacht.«

Sie war es. Rachel. Sie saß auf dem Sofa, in einem Negligé, das die Umrisse ihres Körpers eher betonte als verhüllte. Das Haar fiel ihr auf die Schultern und glitzerte im künstlichen Licht.

Walker steckte die Pistole in die Tasche und schloß die Tür hinter sich. Sie Spannung wich, an ihre Stelle trat Überraschung.

»Worauf warten Sie? Setzen Sie sich«, sagte Rachel und deutete auf den Sessel zu ihrer Rechten. »Sie haben gut reagiert«, fuhr sie fort und lächelte, »aber wenn ich Sie hätte treffen wollen, dann wäre mir das sicherlich gelungen... Ja, ich habe auf Ihr Fenster geschossen. Die Kugel muß in Ihrer Zimmerdecke stecken. Ich wußte im voraus, daß der Schuß Sie nicht treffen würde, also habe ich es riskiert, Sie auf diese Weise zu einem Rendezvous zu locken.«

Endlich ging Walker zu ihr hinüber und nahm Platz. Er ahnte schon, worauf das Rendezvous hinauslief. Er zog ein Päckchen Marlboro aus der Tasche und zündete sich eine Zigarette an.

»Nun, Mr. Paul Walker? Oder soll ich Sie lieber mit Doktor anreden? Oder lieber mit dem Namen Peter Wager, unter dem Sie Ihr Buch DER ALPTRAUM veröffentlicht haben?«

Walker stieß eine Rauchwolke aus und schwieg.

»Als wir heute vormittag einander in der Halle begegneten, Walker, glaubte ich zu erkennen, daß zumindest einer der Zigarettenstummel, die Sie in der Hand hielten, von einer Marlboro stammte. Bei uns im Haus raucht jedoch niemand Marlboro außer Ihnen! Also verfolgten Sie mit den Zigarettenstummeln einen bestinnen Zweck.«

»Was für einen Zweck?« fragte Walker aus purer Verlegenheit.

»Da haben Sie, was Sie vor dem Abendessen unter dem Sofa suchten. Die Ausrede mit dem Knopf konnte zwar meinen Vater täuschen, aber nicht mich.« Sie reichte ihm den Kassettenrekorder und fügte hinzu: »Die Aufnahme des Gesprächs zwischen meinem Vater und Inspektor Asquith ist übrigens hervorragend gelungen.«

Walker ergriff den Apparat und legte ihn auf die Armstütze des Sessels.

»Und was gedenken Sie jetzt zu tun?« fragte er.

»Das kommt darauf an, Walker ...«

»Worauf?«

»Ob ich mit Ihrer Erklärung zufrieden bin. Sie sind Kriminalschriftsteller, also lassen Sie sich etwas einfallen! Im übrigen habe ich von Anfang an Verdacht geschöpft. Ihr Auftreten, vor allem beim Servieren gestern abend ... Und als mir dann die Episode aus der Hotelhalle wieder ins Gedächtnis kam, wo ich Sie mit Mike Lewin verwechselte –«

»Glauben Sie mir, daß ich meine Ferien in Margate verbracht habe, war reiner Zufall. Kein Zufall war allerdings mein Entschluß, mich um den Posten des Butlers bei Ihnen zu bewerben, als ich den Barmann des ›Flamingo‹ zu einem Stammgast sagen hörte: ›Die Slaughters suchen mit einer Anzeige in den *Evening News* einen Nachfolger für Dodson.‹«

»Warum, Walker? Warum? Weil Sie glauben, daß mein Bruder ermordet wurde?«

»Nein. Daran dachte ich damals noch nicht. Ich spürte nur, daß der Tod Ihres Bruders von einem Geheimnis umgeben war...« Walker zog wieder an seiner Zigarette. »Jeder Schriftsteller hat eine andere Arbeitsmethode. Der eine schreibt mit der Hand, der andere mit der Maschine, wieder ein anderer diktiert. Der eine schreibt frisch drauflos und läßt seiner Phantasie freien Lauf, der andere betreibt sorgfältige Milieustudien...«

»Wollen Sie damit sagen, daß die Hauptperson Ihres nächsten Buches ein Butler sein wird?« warf Rachel ein.

»Ursprünglich dachte ich eher an einen Chauffeur in einem Privathaushalt«, erläuterte Walker. »Aber ich glaube, ich werde doch einen Butler aus ihm machen.«

»Warum?«

»Weil ich diesen Beruf viel interessanter finde. Und weil ich mir jetzt zutraue, die Empfindungen und Erfahrungen eines Butlers realistisch beschreiben zu können.«

»Ich verstehe.«

»Der Unfall spielte natürlich eine Rolle bei meinem Bemühen, den Posten um jeden Preis zu bekommen.«

»Und deshalb haben Sie eine Manuskriptseite in den Umschlag mit Ihrer Bewerbung geschmuggelt? Mit vollster Absicht?«

Walker nickte lächelnd.

»Wie Sie sehen, hatte ich Erfolg mit meinem Trick.«

»Allerdings«, gab Rachel zu. »Harman Atwood hat mich nämlich angerufen und mir den Text vorgelesen. Als ich dann gestern das Buch DER APLTRAUM auf Ihrem Nachtkästchen sah, erinnerte ich mich plötzlich, wieso mir der Text so bekannt vorgekommen war!«

»Und das genügte Ihnen, um mein Inkognito zu durchschauen?«

Er drückte seine Zigarette aus, während sich Rachel eine anzündete.

»Ihr Name Paul Walker beginnt mit denselben Buchstaben wie Ihr Pseudonym Peter Wager«, sagte sie. »Das war ein weiterer Hinweis. Auf der Rückseite des Buches ist zwar keine Fotografie des Autors, aber es steht dort, daß er Medizin studiert hat. Und Ihre Bemerkung bezüglich der Schlafmittel, die süchtig machen können, klang recht sachkundig.«

»Ich gebe mich geschlagen«, sagte Walker. Er hatte mittlerweile das Feuerzeug, das er vorhin in den Salon geschleudert hatte, vom Boden aufgehoben und zündete sich nun eine neue Zigarette damit an. »Sie haben, weiß Gott, das Zeug zum Privatdetektiv«, fuhr er fort; dann wiederholte er seine Frage von vorhin: »Und was werden Sie jetzt tun, da Sie mich demaskiert haben?«

»Werden Sie durch Ihre Arbeit tatsächlich zu einem neuen Buch inspiriert?«

»Ich glaube, ja . . .«

»Sie glauben es nur?« fragte Rachel erstaunt.

Walker drehte die Zigarette zwischen den Fingern und starrte sie zerstreut an.

»Ich muß allerdings gestehen, daß sich meine Gedanken mehr und mehr mit der Realität beschäftigen und in einer andere Richtung gedrängt werden.«

»Durch den Tod meines Bruders und des Butlers?«

»Ja. Vor allem dadurch, daß der Unfall vielleicht absichtlich herbeigeführt wurde.«

»Aber das ist eine bloße Vermutung; es ist noch nicht bewiesen, daß tatsächlich ein Mordversuch vorliegt. Finden Sie nicht auch?«

»Gewiß. Da müßte erst noch weiteres Belastungsmaterial auftauchen . . . Was ist übrigens Ihre Meinung?«

»Ich weiß nicht, was ich Ihnen antworten soll. Es gibt so viele Verrückte im Straßenverkehr . . . Irgendwie gehörte Billy ja selbst dazu.«

»Nun ja. Betrachten wir den Fall aus einem anderen Blickwinkel. Wer könnte den Tod Ihres Bruders gewünscht haben?«

»Wer?« Sie zuckte die Achseln. »Ob Sie's glauben oder nicht, so überspannt Billy auch war, er hatte überall nur Freunde und keinen einzigen Feind! Andererseits ...« Sie schwieg plötzlich und blickte besorgt drein.

»Andererseits?« fragte Walker.

»Vielleicht sollte mein Vater das Ziel des Angriffs sein, und jemand wollte ihn treffen, indem er ... Was meinen Sie?«

Walker nahm sein Kinn zwischen Daumen und Zeigefinger und überlegte.

»Sie sind besessen von der Idee eines dunklen Punktes im Leben Ihres Vaters, stimmt's?«

»Besessen vielleicht, aber nicht verblendet!« rief sie. »Es gibt diesen dunklen Punkt, das ist eine Gewißheit! Ich weiß nicht, inwieweit es ihm gelungen ist, sich ehrenhaft aus der Affäre zu ziehen, was die Folgen jenes Verhältnisses mit einer anderen Frau betrifft ... Kurz nachdem er meine Muter geheiratet hatte!«

»Und Sie glauben, der Tod Ihres Bruders könnte damit zusammenhängen?«

»Ich weiß es nicht.«

Walker griff nach dem Kassettenrekorder.

»Geht aus der Aufnahme etwas darüber hervor?«

»Nein. Aber man ermittelt weiter, ob es sich um einen Unfall oder um ein Verbrechen handelt. Mir scheint, Sie neigen zu der letzteren Theorie, da Sie ja den Apparat unter dem Sofa versteckt hatten.«

»Nun ja, ich gebe zu, daß der Fall mich immer stärker interessiert. Und da es besser ist, wenn ich mein Inkognito wahre, muß ich meine Nachforschungen insgeheim anstellen.«

»Das sollen Sie auch«, erklärte Rachel. »Ich habe nicht die Absicht, Sie zu verraten. Und es reizt mich ebenso wie Sie, dem Geheimnis auf die Spur zu kommen. Auf meine Art, mit der nötigen Handlungsfreiheit. Was halten Sie davon, wenn wir uns verbünden? Mein Schweigen im Austausch gegen Ihre Mitarbeit.«

Walker lächelte.

»Wenn Sie mein Inkognito lüfteten, wäre das auch keine Tragödie. Dann müßte ich mein Material eben woanders sammeln. Sie sehen also, Ihr Erpressungsversuch entbehrt der Grundlage«, sagte er, aber Rachel merkte sofort, daß er sie nicht kränken wollte. »Aber bitte, tun wir einstweilen so, als wäre ich ein hilfloses Opfer in Ihren Händen . . .«

»Walker! Wo denken Sie hin? Im übrigen brauchen Sie, wenn wir allein sind, nicht mehr den Butler zu spielen.«

»Hm. Finden Sie nicht, daß Sie dieses Zusammentreffen auf eine sehr ungewöhnliche Weise arrangiert haben?« fragte er.

»Zugegeben. Ich bin nun mal exzentrisch veranlagt. Sagen wir, ich wollte Sie testen.«

»Wem gehört die Waffe, die Sie dazu benutzt haben?«

»Sie gehörte meinem Bruder.«

»Inklusive Schalldämpfer?«

»Nein. Ich bin heute nachmittag extra nach London gefahren, um ihn zu kaufen. Da stand mein Plan nämlich schon fest. Und jetzt möchte ich, mit Ihrer Erlaubnis, die Frage umdrehen.«

»Sie meinen – wieso ich eine Pistole habe?«

Rachel nickte.

»Ich habe sie in Kapstadt gekauft. Es erschien mir ratsam, nachts nicht unbewaffnet durch einsame Gegenden zu spazieren.«

Er stand auf, ging zum Kamin und lehnte sich gegen die Marmorplatte. Er empfand Rachels Kleidung nach wie vor als herausfordernd und erwog, eine Bemerkung darüber zu machen.

»Sind Sie beeindruckt?«

»Beeindruckt?« wiederholte er verlegen.

»Ja. Von dem, was ich anhabe.«

»Sie meinen – von dem, was Sie nicht anhaben? Ich finde, Sie haben sich auf unser Zusammentreffen geradezu übertrieben gut vorbereitet«, tadelte Walker, und fast bereute er es hinterher.

»Tut mir leid, falls ich Sie schockiert habe, Walker«, sagte Rachel spöttisch. »Das wollte ich nicht.«

Walker beschloß, das Thema zu wechseln.

»Sagen Sie, Miss Rachel, was haben Sie noch unternommen, um dem dunklen Punkt im Leben Ihres Vaters auf die Spur zu kommen?«

»Sie legen also anscheinend doch Wert auf Zusammenarbeit... Was halten Sie von Harman Atwood, unserem Anwalt?«

Walker zuckte unwillkürlich die Achseln.

»Scheint mir ein anständiger, unauffälliger Mensch zu sein« antwortete er.

»Ja, das ist richtig«, stimmte Rachel zu. »Ich schenke ihm unbedingtes Vertrauen, und ich glaube, auch er hält mich für zuverlässig... Kurzum, nachdem ich damals vor vier Jahren zufällig das Telefongespräch mit angehört hatte, bat ich Harman um eine Unterredung. Natürlich mußte er das Berufsgeheimnis wahren – er nannte weder einen Namen, noch machte er sonstige Angaben. Aber er mußte zugeben, daß eine Frau existierte, der mein Vater monatliche Zuwendungen machte. Was die Folgen des Verhältnisses angeht, also die Nachkommenschaft« – Rachels Stimme klang jetzt ausgesprochen bissig –, »so glaube ich, daß Harman selbst nicht genau Bescheid wußte, vielleicht nicht einmal mein Vater.«

»Haben Sie eine Ahnung, wo die Frau wohnt?«

»Gewohnt hat«, korrigierte Rachel. »Sie ist irgendwann vor einem Jahr gestorben, und die monatlichen Zahlungen wurden eingestellt. Sie lebte in den Vereinigten Staaten, aber ich weiß nicht, in welcher Stadt.«

»Und gesetzt den Fall, Ihr Bruder wurde ermordet – sehen

Sie da einen Zusammenhang mit der zwielichtigen Episode im Leben Ihres Vaters?«

»Ich will nichts behaupten, Walker. Ich räume nur eine Möglichkeit ein.«

Walker nickte nachdenklich.

»Wer ist dieser Mike Lewin, mit dem Sie mich damals verwechselt haben?« fragte er unvermittelt.

»Glauben Sie, daß er –«

»Ich glaube gar nichts. Ich räume nur ebenfalls Möglichkeiten ein.«

»Wir kannten Mike seit letztem Sommer, und ich hatte nie Anlaß, mich über ihn zu beklagen . . .«

»Sie hatten keinen Anlaß.« Walker betonte das ›Sie‹. »Aber Ihr Bruder? Hatte der vielleicht einen?«

»Kaum. Es sei denn . . .«

»Es sei denn?«

»Mike und Billy begannen gleichzeitig einen Flirt mit Fay Wheatley, ebenfalls einer Bekanntschaft vom letzten Sommer, und sie zog meinen Bruder Mike vor. Ich glaube, Fay hat Mike Lewin sogar gesagt, sie schätze ihn als Freund, aber sie liebe ihn nicht. Billy hatte sich seinerseits ernstlich in Fay verliebt . . . Aber ich kann nicht glauben, daß Mike so verzweifelt war, daß er – daß er . . .«

»Daß er den Tod Ihres Bruders herbeiführte? Haben Sie nicht den Mut, es auszusprechen, Rachel?«

Sie lächelte.

»Endlich!« rief sie aus. »Endlich haben Sie mich beim Namen genannt und auf die ›Miss‹ verzichtet.«

»Beantworten Sie bitte meine Frage.«

»Nein, ich habe nicht den Mut, es auszusprechen, und ich glaube nicht, daß Mike mit Billys Tod etwas zu tun hat. Ich kann ihn mir einfach nicht als Mörder vorstellen.«

»Wissen Sie von irgendeinem Streit zwischen Lewin und Ihrem Bruder? Etwa kurz vor dem Unfall?«

»Ich glaube, es gab da am Tage des Unfalls ein telefonisches Mißverständnis zwischen Billy und Mike...« Sie brach ab, zog das Negligé über die Knie. »Ja, jetzt fällt es mir wieder ein. Sie stritten miteinander am Telefon – etwa eine halbe Stunde, bevor Billy losfuhr.«

»Eine halbe Stunde, bevor der Unfall passierte?«

»Mehr oder weniger. Trotzdem glaube ich nicht, daß Mike eines Mordes fähig ist.«

»Wir wissen ja gar nicht, ob ein Mord vorliegt.«

Rachel wandte sich ab, griff nach dem ›Daily Telegraph‹ und reichte ihn Walker.

»Lesen Sie mal auf Seite vier den Artikel über Neuerscheinungen auf dem Büchermarkt«, sagte sie.

Walker schlug die Zeitung auf und fand das Gesuchte sofort. ›DER ALPTRAUM‹ von Peter Wager wurde als erstes von drei Büchern besprochen: ›...unterscheidet sich der vorliegende Roman angenehm von der tristen, phantasielosen Durchschnittsproduktion unserer Tage. ›DER ALPTRAUM‹ ist fürwahr ein Sonderfall, besonders auf dem Gebiet der Kriminalliteratur: Seite für Seite entwickelt sich das fesselnde Alltagsdrama. Das begabte Erstlingswerk eines Unbekannten, Peter Wager, dem wir gleichwohl großen Erfolg voraussagen dürfen...«

»Wollen Sie Ihr Pseudonym beibehalten, trotz des Wirbels, den man um Ihr Buch macht?« fragte Rachel, nachdem Walker ihr die Zeitung zurückgegeben hatte.

»Morgen wird man es vergessen haben«, meinte Walker.

»Und falls hier im Hause Ihre wahre Identität ruchbar wird?«

»Auch dann ginge die Welt nicht unter«, tröstete sie Walker lächelnd. »Vielleicht würde mich Ihr Vater mit weniger Verachtung behandeln; Ihre Mutter würde sich darin bestätigt finden, daß sie mir gleich angesehen hat, ich sei kein hundertprozentiger Butler; und Ihrem Onkel würde es vielleicht schmeicheln, von einem studierten Mediziner und Schriftsteller bedient worden zu sein.«

»Maud würde sich garantiert eine Menge darauf einbilden! Aber Peter würde so dumm bleiben, wie er ist«, ergänzte Rachel.

»Ist Peter mit Ihrem Bruder gut ausgekommen?« hakte Walker ein.

Rachel zögerte nicht mit der Antwort.

»Ganz und gar nicht! Dafür waren sie charakterlich zu verschieden. Peter ist ein Snob, und Billy war ganz geradlinig.«

»Wieso erträgt Ihr Onkel George eigentlich die Launen Ihres Vaters?«

»Zum Teil vielleicht, weil er eine Seele von Mensch ist und genügend Humor besitzt. Auf der anderen Seite stimmt es, daß er es im Leben zu nichts gebracht hat. Vor dreißig Jahren, als der Aufschwung der Firma begann, ging er in die Vereinigten Staaten, um dort die Generalvertretung der ›Roderic Slaughter Company‹ aufzubauen, aber dabei erlitt er gründlich Schiffbruch. Seither hat er ein untätiges Leben geführt, auch nach der Ehe mit meiner Tante, die bei Mauds Geburt starb. Mein Vater nahm die Sache in Amerika selbst in die Hand und schickte George nach London zurück ... Er kann sich den Luxus des Aufmuckens wirklich nicht leisten, denn heutzutage übt er in der Firma eine rein repräsentative Funktion aus.«

»Und damals in den Vereinigten Staaten hat Ihr Vater Ihre Mutter kennengelernt?«

»Ja. Meine Mutter, und kurz darauf – die andere.«

Walker ging zum Sessel zurück und nahm wieder darin Platz.

»Gestatten Sie mir eine indiskrete und fast schon unverschämte Frage«, sagte er und wartete ihre Zustimmung ab, bevor er fortfuhr. »Halten Sie es für möglich, daß Ihr Onkel Ihren Vater erpreßt?«

Ein paar Sekunden lang herrschte Stille.

»Auf die Idee bin ich noch nie gekommen«, erklärte Rachel schließlich.

»Und Sie glauben, Ihre Mutter hat keine Ahnung von der Existenz jener anderen Frau?«

»Ja, dessen bin ich sicher.«

»Aber falls sie es wüßte, glauben Sie, es wäre ihr gleichgültig?«

»Bestimmt nicht. Auch wenn sie es aus Stolz vielleicht fertigbrächte, Gleichgültigkeit zu heucheln. Innerlich aber würde sie meinen Vater hassen und verachten.« Da ihr eigenes Päckchen leer war, nahm sie sich aus Walkers eine Zigarette. Er reichte ihr Feuer. »Glauben Sie, Onkel George weiß Bescheid und erpreßt meinen Vater deshalb?«

»Ich ziehe es in Betracht. Es würde immerhin einiges erklären.«

»Zum Beispiel?«

»Zum Beispiel, daß Ihr Vater praktisch den Lebensunterhalt seines Bruders, seines Neffen und seiner Nichte bestreitet. Oder daß Ihr Onkel, den es trotz scheinbarer Genügsamkeit vielleicht insgeheim nach dem Besitz der Firma Slaughter gelüstet, sich nach außen hin alles gefallen läßt ...«

»Was hat das mit Billys Tod zu tun? Onkel George ist nur drei Jahre jünger als mein Vater! Oder ...« Sie hielt inne, sprang gleich danach auf. »Wollen Sie mir etwa einreden, Walker, daß er plant, die Familie auszurotten, um in den Besitz der Firma zu gelangen? Daß er damit bei meinem Bruder angefangen hat?«

»Ich will Ihnen gar nichts einreden. Ich stelle nur Vermutungen an, die vielleicht idiotisch sind. Aber wenn Sie alle Vermutungen gleich zurückweisen, warum haben Sie sich dann mit mir verbündet, warum wollen Sie dann der Möglichkeit, es könnte sich um einen Mord handeln, überhaupt auf den Grund gehen?«

»Mein Gott, Walker, Sie müssen doch verstehen, daß ich verwirrt bin!« Sie setzte sich wieder hin und klopfte mit zitternder Hand die Asche ab. »Kurz vor Billys Unfall wurde mein Vater von unserem Hausarzt untersucht, weil sich so etwas wie ein Zusammenbruch ankündigte. Sein Blutdruck war viel zu hoch. Doktor Hughes vermutete einen Nierenschaden und empfahl meinem Vater, sich im Diagnosecenter schleunigst einer ausführlichen Untersuchung zu unterziehen ... Aber dann geschah der Unfall, und mein Vater hat sich bis heute noch nicht untersuchen lassen!«

»Hat Doktor Hughes ihm denn nicht irgendein Medikament verschrieben?«

»Doch. Serpasil.«

»Und warum läßt sich Ihr Vater nicht untersuchen?«

»Warum fragen Sie das mich? Die Entscheidung liegt bei ihm.«

»Mir scheint, Sie haben recht, Rachel. Dieses Haus gleicht wirklich einem Dschungel.«

»Ich meine nur, in bezug auf Onkel George. Weil Sie andeuteten ... Wir alle haben vor dem Unfall gewußt, daß mein Vater unter gefährlich hohem Blutdruck litt und daß der Hausarzt einen Nierenschaden vermutete.«

Mittlerweile war es fast zwei Uhr geworden. Der Vorhang vor dem Fenster schwankte noch immer in der milden Nachtluft.

Walker erhob sich, aber Rachel blieb sitzen.

»Warten wir die weiteren Entwicklungen ab«, sagte er, der im Begriff war, den Salon zu verlassen und in sein Zimmer zurückzukehren.

Rachel stand unvermittelt auf und trat auf ihn zu.

Walker war auf das, was nun geschah, keineswegs gefaßt. Es geschah plötzlich, mit der Heftigkeit eines Gewitters, als fege ein jäher Windstoß durch die Stille des Raumes.

Als Rachel seinen Hals umschlang, öffnete sich das Negligé und enthüllte vollends, was es vordem nur spärlich verborgen hatte: einen vollkommenen Körper.

Sie küßte ihn, aber er ließ es sich nur zögernd gefallen, stieß sie schließlich mit der gleichen Heftigkeit zurück, mit der sie ihn umarmte.

Rachel nahm dieses seltsame Verhalten zunächst kaum wahr, aber schließlich starrte sie Walker ungläubig an, und Erschrecken funkelte in ihren Augen.

»Ich hätte mir nie träumen lassen, daß ich – daß ich auf einen Mann abstoßend wirken könnte!« rief sie schwer atmend. »Ich weiß schließlich, was ich wert bin. Es sei denn, Sie sind –«

»Reden Sie keinen Unsinn!« wies Walker sie streng zurecht. »Ich bin bestimmt nicht, was Sie glauben. Ziehen Sie sich an und gehen Sie schlafen. Heute empfehle ich Ihnen sogar, ein Schlafmittel zu nehmen.«

Er drehte sich um und ging aus dem Salon, durchquerte die Vorhalle und begann die Treppe hinaufzusteigen. Auf dem Treppenabsatz des ersten Stocks hörte er ein kurzes, trockenes Geräusch, als würde eine Tür heftig geschlossen.

5

Rachel. Hatte etwa Rachel den Unfall herbeigeführt?

Nachdem Walker sich eine Zigarette angezündet hatte, starrte er in den Spiegel, aber er sah darin nicht sich selbst, sondern sie, ihre glitzernden Augen, ihr langes, kupferfarbenes Haar, ihren Körper ... »Ich weiß, was ich wert bin«, hörte er sie sagen ...

Konnte sie auf die Idee kommen, er sei abnormal veranlagt? Mußte sie nicht nach allem, was vorgefallen war, geradezu annehmen, er sei homosexuell?

Ihm wurde heiß. Hatte er sich richtig verhalten? Ja, sagte er sich, zweifellos. Aber trotzdem behagte ihm die Art, wie er vorgegangen war, ganz und gar nicht. Und Rachels Bild blieb da, verfolgte ihn ...

Er öffnete das Fenster und atmete tief durch. Silbergraues Licht ergoß sich über Bäume, Buschwerk und die weiten Rasenflächen. In der Ferne hörte man das Rauschen des Meeres, und Walker sah die aufschäumende Gischt vor sich, den Sand und die Felsen. Und die Bruchstücke eines Wagens ... Eine Zeile aus einem spanischen Lied fiel ihm ein, das er einmal gehört hatte: *Eres tan mio como la playa del mar* ... Mein bist du, wie der Meeresstrand ... Und wieder Rachel. Im Mondlicht hingebreitet auf dem Sand.

Seine Hand berührte das kalte Metall der Waffe. Er nahm sie aus der Tasche, sicherte sie und legte sie in die Kommodenschublade zurück. Dann zog er den Schlafrock aus und legte sich ins Bett.

Endlich kam er dazu, den Kassettenrekorder einzuschalten. Nachdem die Tür geschlossen worden war, spielte sich folgender Dialog ab:

›Ich glaube nicht, daß er Dodson ersetzen kann‹, sagte Sir Roderics Stimme. ›Ich glaube auch nicht, daß ich ihn lange behalten werde ...‹

›Jedenfalls macht er keinen schlechten Eindruck‹, ließ sich die Stimme von Inspektor Asquith vernehmen.

›Das genügt mir nicht, Inspektor! Auch wenn es meinem Anwalt genügt hat ...‹

›Er heißt Paul Walker, nicht wahr?‹

›Ja. Woher wissen Sie das?‹

›Der Name ist mir während meiner Ermittlungen begegnet. Paul Walker verbrachte nämlich seine Ferien in Margate ...‹

›In Margate? Seit wann verbringen Bedienstete ihre Ferien in den beliebtesten Sommerfrischen?‹

›Vergessen Sie nicht, Sir Roderic, wir leben im zwanzigsten Jahrhundert. Außerdem scheint mir dieser Walker kein ungebildeter Mensch zu sein. Angeblich hat er in Kapstadt als Verlagslektor gearbeitet ...‹

›Und er war in Margate, als – als sich der Unfall ereignete?‹

›Ja. Rein zufällig, Sir Roderic, das versichere ich Ihnen. Er hat ein einwandfreies Alibi. Er war die ganze Zeit in der Flamingo-Bar. Dafür gibt es mehrere Zeugen. Was sich von Ihrem Neffen Peter leider nicht behaupten läßt ...‹

›Was ist mit Peter?‹

›Wir sind zur Überzeugung gelangt, daß er erst zehn oder fünfzehn Minuten nach dem Unfall in die Flamingo-Bar kam, und hoffen, das durch die Aussage des Handlungsreisenden zu erhärten.‹

›Falls Sie ihn jemals finden!‹

›Wir sind erstens auf einer guten Fährte, und zweitens wird die Presse einen Aufruf veröffentlichen, er möge sich bei der nächsten Polizeidienststelle melden!‹

›Und wie soll der Mann beweisen, daß Peter erst zehn bis fünfzehn Minuten nach dem Unfall in die Bar gekommen ist?‹

›In einer stürmischen Regennacht wie damals herrschte bestimmt nicht viel Verkehr auf den Straßen. Wenn also der Handlungsreisende gesehen hat, wie der Wagen Ihres Sohnes von der Straße abkam, dann müßte er auch den Wagen Ihres Neffen gesehen haben, falls dieser Ihren Sohn vorher überholt hatte. Vielleicht erinnert er sich wenigstens an einen entgegenkommenden Wagen.‹

›Beweisen Sie das, und ich reiße Peter in Stücke!‹

›Einen Moment, Sir Roderic. Damit wäre noch nicht bewiesen, daß Ihr Neffe an dem Unfall Schuld trägt. Es würde lediglich gegen ihn sprechen ...‹

›Gestern abend hat er sich in tausend Widersprüche verwickelt!‹

›Das beweist noch gar nichts. Die Aussagen des Pförtners von Harper and Co. bleiben übrigens weiterhin vage. Vielleicht können wir seinem Gedächtnis durch eine Rekonstruktion der Vorfälle nachhelfen ... Sie haben mir gesagt, Sir Roderic, Ihr Sohn sei nach London unterwegs gewesen?‹

›Allerdings. Und es war auch nicht das erste Mal, daß er

Dodson mitnahm. Wenn Dodson sein freies Wochenende hatte, fuhr er mit meinem Sohn immer schon am Samstag nach London. Sonst verbrachte er die Samstage hier, die Sonntage bei seiner Schwester und deren Kindern in London.‹

›Ja.‹

›Hören Sie, Asquith, ich bestehe darauf, daß der Fall aufgeklärt wird. Wenn Sie selbst nicht dazu in der Lage sind, fordern Sie bei Scotland Yard Unterstützung an.‹

›Seien Sie versichert, Sir Roderic – ich gehe mit äußerster Gewissenhaftigkeit vor. Heute nachmittag zum Beispiel wird ein Taucher versuchen, weitere Wrackteile des Unfallwagens aus dem Meer zu bergen. Ich erwarte mir davon zwar nichts Neues, will jedoch nichts unversucht lassen, was zu einer Aufklärung des Falles beitragen könnte.‹

Walker erinnerte sich, wie er am Rande des Abgrunds gestanden und einen schwarzen Fleck im Meer zu sehen geglaubt hatte. Offenbar hatte es sich dabei um den von Asquith erwähnten Taucher gehandelt.

›Noch eine Frage, Sir Roderic‹, fuhr die Stimme des Inspektors fort. ›Gibt es irgendwelche Dinge im Leben Ihres Sohnes, die mit einem eventuell vorliegenden Mord in Verbindung stehen könnte?‹

›Was meinen Sie damit?‹

›Ich meine damit irgendwelche Unregelmäßigkeiten, die mich vielleicht auf eine Spur bringen könnten.‹

›Wollen Sie damit etwa andeuten, mein Sohn sei jemals mit dem Gesetz in Konflikt geraten?‹

›Verzeihen Sie, Sir Roderic. Bitte, mißverstehen Sie mich nicht. Ich bemühe mich . . .‹

Es gab eine längere Pause im Dialog. Walker untersuchte das Gerät: Das Band lief weiter, aber es war nichts zu hören. Schon wollte Walker den Apparat ausschalten, da ließ sich wieder die Stimme des Inspektors vernehmen.

›Fühlen Sie sich nicht wohl, Sir Roderic?‹

Pause. Walker beobachtete weiter den Apparat.

›Soll ich jemanden rufen?‹ Wieder der Inspektor.

›Nein ... Nein, auf keinen Fall. Mir war nur einen Moment lang schwindlig. Nebenan in der Hausbar finden Sie Sprudel. Bringen Sie mir bitte ein Glas ...‹

Man hörte, wie Asquiths Schritte sich entfernten und nach einer Weile zurückkamen.

›Bitte. Sollen wir unser Gespräch nicht lieber verschieben, Sir Roderic?‹

›Nicht nötig. Diese Tablette wird mir helfen ...‹

Offenbar schluckte Sir Roderic die Tablette während der folgenden Pause. Nach einer halben Minute ging der Dialog weiter.

›Gut ... Wo waren wir stehengeblieben?‹

›Ich bat Sie um Angaben über das Leben Ihres Sohnes. Ich meine damit nicht etwa Gesetzesübertretungen, sondern alles mögliche, was einen Mordverdacht erhärten könnte.‹

›Ich glaube nicht, daß Sie auf diese Weise viel erreichen werden, Asquith. Soviel ich weiß, war William mit jedem immer gleich befreundet.‹

›Sicherlich, Sir Roderic. Trotzdem – falls es sich um vorsätzliche Tötung handelt, muß es da irgendeine Ausnahme von der Regel gegeben haben. Und auch im Falle von Fahrlässigkeit sollte der Schuldige gefunden und gebührend bestraft werden ... Gab es zwischen Ihrem Sohn und Ihrem Neffen irgendwelche Rivalitäten?‹

›Wie meinen Sie das?‹

›Zum Beispiel: Was das Autofahren betraf ...‹

›Ja! Natürlich! Warum hat noch niemand daran gedacht? Peter ist unmittelbar nach meinem Sohn hier abgefahren. Vielleicht hat er ihn überholt!‹

›Vielleicht, Sir. Ich darf Sie jedoch bitten, einstweilen darüber Stillschweigen zu bewahren, um niemanden aufzuschrecken.‹

›Von mir aus, Inspektor. Aber seien Sie nicht untätig! Wenn mein Neffe an dem Unfall schuld ist, dann wünsche ich, daß er dafür bezahlt, und zwar teuer!‹

›Die Gerechtigkeit wird ihren Lauf nehmen, Sir. Und ich gedenke, meine Pflicht nicht zu vernachlässigen.‹

Der Dialog ging noch etwa fünf Minuten lang weiter, aber es kam nichts Interessantes mehr zur Sprache. Walker schaltete das Gerät aus und tat es ins Nachtkästchen. Am nächsten Morgen wollte er es wieder zu seiner Waffe und seinen anderen persönlichen Gegenständen in die Kommode legen.

Immerhin hatte es sich gelohnt, das Gespräch aufzuzeichnen. Walker konnte den Fähigkeiten des Inspektors seine Hochachtung nicht versagen. Vor allem die Idee, zwischen Peter und William könne ein Wettstreit im Autofahren stattgefunden haben, erschien ihm sehr beachtlich. Auf diese Weise hätte es ohne weiteres zu dem Unfall kommen können.

Die Leuchtziffern der Uhr auf dem Nachtkästchen zeigten 3.25. Genug für heute, dachte Walker. Vor dem Einschlafen vergegenwärtigte er sich noch einmal Sir Roderics Schwächeanfall während des Gesprächs mit dem Inspektor. Die Reizbarkeit des Hausherrn wirkte sich tatsächlich gesundheitsschädigend aus. Und was noch interessanter war: Rachel, die die Aufnahme kannte, wußte darüber Bescheid. Und es schien sie nicht weiter zu belasten ...

Colin Andrews war am Morgen in Dover an Land gegangen. Während er in einem Selbstbedienungsrestaurant frühstückte, beschloß er, die Zeitung zu lesen, die er gekauft hatte.

Voller Erstaunen las er den Aufruf der Polizei von Margate: ›Unfallzeuge gesucht! Der Handlungsreisende, der in der Nacht des zehnten Juni zum Zeugen des Unfalls auf der Straße zwischen Margate und Ramsgate wurde, wird dringend gebeten, sich mit der nächsten Polizeidienststelle in Verbindung zu setzen. Seine Aussage ist für die weiteren Ermittlungen unbedingt erforderlich ...‹

Colin Andrews trank seinen Kaffee aus, zahlte und eilte zur nächsten Polizeidienststelle, wo er sich dem diensttuenden Beamten vorstellte.

Heftige Schläge gegen die Tür ließen Walker hochschrecken.

»Walker! Walker!«

Rachels Stimme.

Unwillkürlich warf Walker einen Blick auf die Uhr: 7.35. Entweder der Wecker funktionierte nicht, oder er hatte das Läuten überhört.

Er sprang aus dem Bett und schlüpfte in den Schlafrock. Irgend etwas Außergewöhnliches mußte passiert sein! Er zog sich die Schuhe an und öffnete die Tür.

Rachel sah noch genauso aus wie vor Stunden. Mit einem Unterschied: Sie war jetzt ungewöhnlich blaß. Und sie wirkte verängstigt.

»Kommen Sie schnell!« bat sie. »Mein Vater hat wieder einen Anfall erlitten, und bevor Doktor Hughes kommt, ist es vielleicht zu spät. Tun Sie etwas, Walker, Sie sind doch Arzt!«

»Beruhigen Sie sich«, sagte er, eilte ins Zimmer zurück und kam mit einer Tasche wieder, die er aus dem Schrank genommen hatte. »Wo ist Ihr Vater?«

»In seinem Zimmer. Er war gerade aufgestanden, da fiel er um ...«

Walker lief voraus. Sie eilten die Treppe hinab.

Lady Ann war auch da. Sie konnte ihr Erstaunen nicht verbergen, als sie Walker mit der Tasche erblickte, als sie sah, wie er sich neben ihren Mann kniete und ihm den Puls fühlte. Rachel legte den Arm um sie und führte sie zum Fenster.

Slaughters Puls war nur ganz schwach zu spüren. Walker zog ein Stethoskop aus der Tasche und begann Sir Roderic abzuhorchen. Verwirrt und schweigend beobachtete Lady Ann jede seiner Bewegungen.

Walker legte das Stethoskop weg und winkte Rachel herbei.

»Helfen Sie mir«, bat er, während er Slaughters Pyjamaärmel hochschob und ihm den Arm abschnürte. »Lockern Sie auf mein Zeichen hin die Gummimanschette.«

Walker nahm aus seiner Tasche eine Ampulle, zog den Inhalt in eine Spritze auf und injizierte die Dosis langsam in die Vene. Auf sein Kopfnicken hin lockerte Rachel allmählich die Gummimanschette.

Walker zog die Nadel heraus, betupfte die Einstichstelle mit einem alkoholgetränkten Wattebausch und winkelte Slaughters Unterarm an.

»Halten Sie seinen Unterarm so fest«, bat er Rachel. Er zog Sir Roderics Lider hoch und überzeugte sich davon, daß die Pupillen nicht erweitert waren. Dann hörte er wieder das Herz ab und sagte nach einer Weile: »Sie können den Arm loslassen und den Wattebausch entfernen.«

Rachel tat es und streifte den Pyjamaärmel wieder hinunter.

»Wir sollten ihn ins Bett bringen«, meinte Walker und schaute die beiden Frauen an.

Ein paar Minuten später konnte er sie beruhigen. »Die Krise ist überwunden«, sagte er. »Der Blutdruck ist jetzt wieder normal, aber im Moment des Zusammenbruchs muß er sehr erhöht gewesen sein . . .«

»Wie erklären Sie sich den Anfall?« fragte Rachel.

»Ich glaube zwar nicht, daß es eine Gehirnblutung war, aber die Gefahr einer solchen ist sehr groß. Lassen Sie sofort den Hausarzt kommen.«

»Haben Sie fürs erste vielen Dank, Walker«, sagte Lady Ann. »Ich kann mich immer noch nicht über Ihre außergewöhnliche Sachkenntnis beruhigen . . .«

»Ma«, mischte sich Rachel ein. »Walker hat in Südafrika einen Kurs in Krankenpflege absolviert. Das hat er mir erzählt.

Ich wollte es nicht riskieren, auf die Ankunft von Doktor Hughes zu warten...«

»Ja...« Lady Ann nickte. »Mir scheint, Walker, Sie sind in jeder Hinsicht eine Ausnahme.«

Walker beschloß, Rachels ein wenig fadenscheinige Erklärung noch etwas auszuschmücken.

»Ich habe bei der Gelegenheit auch eine Reihe medizinischer Vorlesungen gehört«, sagte er, und Lady Ann schien dies zu überzeugen. »Trotzdem empfehle ich dringend, den Hausarzt zu verständigen«, fügte er hinzu.

»Selbstverständlich«, versicherte Lady Ann. »Nochmals vielen Dank für alles, was Sie für meinen Mann getan haben.«

»Es war nicht mehr als meine Pflicht, Madam.«

»Was schlagen Sie noch vor, Walker?«

»Absolute Ruhe für Sir Roderic, Madam. Doktor Hughes wird die weitere Behandlung übernehmen.«

»Wissen Sie, das war schon der zweite Anfall dieser Art. Aber bisher hat Doktor Hughes meinen Mann noch nicht zu einer gründlichen Untersuchung überreden können.«

Walker ließ sich nicht anmerken, daß er ebensogut wie Rachel wußte, daß dies bereits Sir Roderics dritter Anfall war. Und als Arzt war er sich darüber im klaren, daß schon der nächste der letzte sein konnte. Falls Sir Roderics Krankheit überhaupt noch heilbar war, mußte schnellstens etwas unternommen werden.

»Ich rufe jetzt Doktor Hughes an«, erklärte Rachel.

»Und ich darf mich zurückziehen«, sagte Walker und griff nach seiner Instrumententasche.

Walker weilte mit den Gedanken ganz woanders, während er Joyce beim Staubsaugen beaufsichtigte und selbst mit einem Staubtuch über Tischplatten und die darauf befindlichen Gegenstände fuhr. Er wußte, daß er in letzter Minute eingegriffen hatte; wäre er ein paar Sekunden später gekommen, wäre Sir Roderic jetzt nicht mehr am Leben.

In diesem Augenblick trat der Arzt in die Halle. »Könnte ich Sie ein paar Minuten sprechen?« fragte er Walker.

Als Dr. Hughes vorhin gekommen war, hatte er Walker kaum beachtet. Aber jetzt wollte der Arzt ihn sprechen und musterte ihn voll Interesse.

Walker hatte wegen des Lärms des Staubsaugers die Frage nicht verstanden, aber er erriet, was der Hausarzt von ihm wollte. Er trat zu ihm in die Halle und schloß die Tür hinter sich.

»Ich würde Sie gern ein paar Minuten sprechen, Walker«, wiederholte Dr. Hughes jetzt.

»Bitte sehr. Ich stehe Ihnen zur Verfügung.«

»Vielleicht könnten wir uns in Sir Roderics Arbeitszimmer unterhalten?«

»Zweifellos, Sir.«

Sie betraten das Arbeitszimmer, und diesmal schloß Hughes die Tür.

»Ich finde, wir sollten uns setzen«, meinte er dann.

»Ich bleibe lieber stehen, Sir«, sagte Walker.

»Unsinn. Daß Sie hier Hausangestellter sind, spielt überhaupt keine Rolle. Ich wende mich an Sie als an eine Art Kollegen, Walker. Also machen Sie keine Umstände, setzen Sie sich!«

Walker glaubte, nicht länger ablehnen zu dürfen, und setzte sich dem Arzt gegenüber.

»Wenn ich Miss Rachel richtig verstanden habe, sind Sie in Kapstadt zum Krankenpfleger ausgebildet worden und haben medizinische Vorlesungen besucht?«

»So ist es, Sir«, gab Walker zu, und es stimmte sogar zum Teil.

»Wie lange hatten Sie Medizin belegt?«

»Vier Semester«, sagte Walker, um seine Handlungsweise etwas plausibler erscheinen zu lassen.

»Ich will Ihnen nicht verhehlen, daß Sie meiner Ansicht nach Sir Roderic das Leben gerettet haben.«

»Danke, Sir.«

»Sie brauchen sich für meine ehrliche Meinung nicht zu bedanken, Walker. Sagen Sie – was halten Sie von dem Fall?«

»Ich kenne die Vorgeschichte nicht; mit Ausnahme der Fakten, die mir Lady Ann und Miss Rachel mitgeteilt haben...«

Der Arzt erläuterte seinen Standpunkt, und Walker mußte ihm in allen Punkten zustimmen.

Dr. Hughes meinte lächelnd: »Ich finde ebenso wie Lady Ann, daß Sie Ihren Beruf verfehlt haben.« Er nahm sich eine Zigarette aus seinem Etui, und Walker gab ihm Feuer. »Danke. Ich habe mit Lady Ann vereinbart, daß Sir Roderic innerhalb der nächsten vierundzwanzig bis achtundvierzig Stunden ins Diagnosecenter eingeliefert wird. Heute abend komme ich noch einmal vorbei. Ich kann mich doch auf Sie verlassen, falls es noch einmal zu einer Krise kommt?«

»Ich werde alles tun, was in meiner Macht steht, Sir.«

»Gut. Dann verabschiede ich mich jetzt.«

Walker öffnete die Tür zur Halle und ließ Dr. Hughes den Vortritt.

Nachdem der Arzt das Haus verlassen hatte, kam Sir George die Treppe herunter.

»Guten Morgen«, sagte Walker.

»Guten Morgen... Soll ich Ihnen für Ihr Eingreifen ebenfalls danken? Oder soll ich es lieber bedauern?«

Walker fiel der spöttische Gesichtsausdruck des anderen auf. Er gab keine Antwort und ging zur Küche.

»Mir scheint, ich habe Sie etwas gefragt, Walker...«

Er spürte eine Hand auf seiner Schulter. Walker drehte sich um und bemerkte gleich, daß Sir George nach Whisky roch.

In diesem Augenblick kam auch Rachel die Treppe herunter.

»Ich finde, diese Entscheidung mußt du schon selbst treffen, Onkel.«

Sir George zuckte zusammen und drehte sich um.

»Ah! Du bist es . . . Was hast du gesagt?«

»Ich habe gehört, was du Walker gefragt hast. Und ich finde, ob du sein Eingreifen begrüßen oder bedauern sollst, mußt du schon selbst entscheiden.«

»Du hast natürlich recht, Rachel. Aber du kennst ja meinen Humor . . .«

»Humor ist ein dehnbarer Begriff.«

»Entschuldige, wenn ich dich verletzt habe.«

Er ging zum Ausgang und schlug die Tür heftig hinter sich zu.

»Es kommt selten vor, daß er die Beherrschung verliert«, sagte Rachel und kam näher. »Ich hätte mich eigentlich als erste bei Ihnen bedanken sollen, Walker. Trotz allem – er ist mein Vater.«

»Regt sich allmählich Ihr Gewissen?«

»Warum sind Sie so hart zu mir? Warum haben Sie mich letzte Nacht so enttäuscht?«

Walker gab keine Antwort. Er spürte noch immer ihre heißen Lippen, das Feuer ihrer Umarmung. Auch jetzt funkelten ihre Augen, glitzerte ihr Haar. Er mußte sie wieder enttäuschen . . . Er wandte sich ab und ging in die Küche.

Colin Andrews nahm gegenüber von Inspektor Asquith Platz.

»Seit wann erscheint dieser Aufruf in der Presse?« fragte er sofort.

»Er wurde heute zum erstenmal veröffentlicht«, antwortete Asquith.

»So ein Zufall! Ausgerechnet heute bin ich aus Frankreich zurückgekommen.«

»Ein günstiges Zusammentreffen«, meinte der Inspektor und schaltete das Tonbandgerät ein, das in Reichweite stand. »Nun denn, Mr. Andrews. Erinnern Sie sich an die Nacht, in der William Slaughter tödlich verunglückte?«

»Eine so stürmische Nacht vergißt man nicht so schnell!« rief Andrews.

»Wegen des Regens oder wegen des Unfalls?«

»Wegen beidem, Inspektor. Aber jetzt wohl mehr wegen des Unfalls.«

»Wie meinen Sie das – jetzt?«

»Weil ich erst heute nach meiner Landung in Dover erfuhr, daß ich mich nicht geirrt hatte, als ich zu sehen glaubte, wie ein Wagen von der Fahrbahn abkam.«

»Wieso? Sie waren sich dessen bis heute nicht sicher?«

»So ist es.«

»Wann sind Sie nach Frankreich gereist, Mr. Andrews?«

»Ursprünglich wollte ich noch in derselben Nacht den Kanal überqueren, aber wegen des schlechten Wetters hatte ich mich verspätet und mußte bis zum nächsten Morgen warten.«

»Und Sie waren gar nicht neugierig, was passiert war?«

»Doch, aber nicht übermäßig . . .«

»Warum haben Sie uns damals nicht persönlich Meldung erstattet?«

»Weil ich es eilig hatte, nach Frankreich zu kommen; der Barkeeper des ›Flamingo‹ hatte versprochen, sich sofort mit Ihnen in Verbindung zu setzen.«

»Und Sie haben nicht einmal Ihren Namen angegeben?«

Colin Andrews schwieg ein paar Sekunden lang.

»Ja, das hätte ich wohl tun sollen«, gab er schließlich zu. »Aber ich habe nicht daran gedacht, und der Barkeeper hat mich nicht gefragt.«

»Nun gut«, meinte Asquith. »Schildern Sie, was Sie gesehen haben.«

»Nach dem Imbiß in der ›Flamingo-Bar‹ fuhr ich in Richtung Dover weiter. Hinter Broadstairs, auf offener Landstraße, sah ich in der Ferne die Lichter eines entgegenkommenden Wagens. Plötzlich änderte der Lichtkegel der Scheinwerfer seine Richtung, zitterte kurz durch die Gegend und verschwand über dem Straßenrand ... Es goß in Strömen, und die Sicht war dementsprechend schlecht ...«

»Haben Sie angehalten?« fragte der Inspektor.

»Ja. Ungefähr dort, wo der andere Wagen verschwunden war. Ich sah weder eine Seitenstraße noch sonst einen Weg, wohin der andere hätte abbiegen können. Man mußte also mit der Möglichkeit rechnen, daß der Wagen von der Fahrbahn abgekommen war. Das mußte ich melden, also wendete ich und fuhr nach Margate zurück.«

»Sie kannten sich in Margate nicht aus, Mr. Andrews?«

»Nein. Ich bin erst seit drei Monaten als Handlungsreisender für meine Firma tätig.«

»Es ist lobenswert, daß Sie sich auf Ihre Pflicht besonnen haben, Mr. Andrews. Leider war an den Folgen des Unfalls nichts mehr zu ändern. Die beiden Insassen waren tot, der Wagen war völlig zerstört.« Asquith bot Andrews eine Zigarette an, aber dieser lehnte ab, und so bediente sich nur der Inspektor. »Mr. Andrews, bitte denken Sie gut nach, bevor Sie meine nächste Frage beantworten.«

»Gewiß«, versprach Andrews.

»Ist Ihnen kurz vor oder kurz nach dem Unfall ein anderer Wagen entgegengekommen?«

»Da brauche ich nicht nachzudenken, Inspektor. Die Antwort lautet ja. Kaum hatte ich an der vermutlichen Unfallstelle angehalten, brauste ein Wagen in der Gegenrichtung an mir vorbei, und zwar mit einer Geschwindigkeit, die mir unter den gegebenen Umständen als sehr gewagt erschien.«

»Und an diesem Sachverhalt besteht für Sie kein Zweifel?«

»Nicht der geringste. In jener Nacht ist mir kein anderer Wagen begegnet.«

»Können Sie sagen, um wieviel Uhr sich der Unfall ereignet hat?«

»Ungefähr. Als ich nach Margate zurückfuhr, fiel mir ein,

daß ich ja die Fähre nach Calais erreichen wollte. Ich sah auf die Uhr, und es war genau einundzwanzig Uhr vierzig.«

»Ich nehme an, Sie würden den Wagen, der an Ihnen vorbeibrauste, nicht wiedererkennen?«

»Bestimmt nicht. Der Regen, die Geschwindigkeit... Ich habe auch nicht weiter darauf geachtet. Hat dieser Wagen etwas mit dem Unfall zu tun?«

»Das wissen wir eben nicht, Mr. Andrews; aber wir müssen versuchen, es herauszufinden.« Der Inspektor schaltete das Tonbandgerät aus und drückte die Taste der Sprechanlage hinunter.

»Schicken Sie Mr. Dulles herein«, befahl er seinem Sergeanten.

Im Gegensatz zu Colin Andrews, der fast ein wenig zur Korpulenz neigte, war Norman Dulles hager und etwas größer. Er hatte schütteres, schon leicht ergrautes Haar. Er wirkte muskulös und beweglich, was ihm auf seinem Posten als Pförtner der Firma Harper and Co. sicher zustatten kam.

Asquith deutete auf den leeren Stuhl neben Andrews und schaltete das Tonbandgerät wieder ein.

»Es tut mir leid, Sie noch einmal belästigen zu müssen, Mr. Dulles«, sagte der Inspektor, »aber ich möchte gern Ihre beiden bisherigen Aussagen mit der von Mr. Andrews vergleichen.«

»Die Sache läßt mich ja auch nicht los«, sagte Dulles und lächelte den Inspektor freundlich an.

»Ihrer Aussage zufolge, Mr. Dulles«, begann Asquith, »waren Sie gerade am Tor von Harper and Co. angelangt, als Sie von der Straße her ein ohrenbetäubendes Hupen hörten. Sie stiegen vom Moped und bemerkten trotz des Regens und der schlechten Sicht das Heck eines Wagens, angestrahlt von den Scheinwerfern eines nachfolgenden Fahrzeugs. Bleiben Sie bei dieser Aussage?«

»Allerdings. Ich sehe noch die beiden Rücklichter des angestrahlten Hecks vor mir.«

»Und dieser Wagen war Ihrer Meinung nach von dunkler Farbe?«

»Ja. Dunkelblau oder dunkelgrün, schien mir.«

»Um wieviel Uhr war das, Mr. Dulles?«

»Kurz nach einundzwanzig Uhr dreißig. Vielleicht drei oder fünf Minuten später. Ich sollte um halb zehn meinen Dienst antreten, aber wegen des schlechten Wetters ...«

Asquith erhob sich von seinem Drehstuhl und ging zum Fenster. Draußen begann es gerade zu dunkeln. Der Himmel war im Gegensatz zum Abend vorher bewölkt.

Der Inspektor wandte sich wieder Andrews und Dulles zu.

»Ich stelle fest«, sagte er, »daß Ihre Aussagen übereinstimmen. Gegen einundzwanzig Uhr fünfunddreißig hörten Sie, Mr. Dulles, das Hupen des Wagens, der William Slaughter folgte, und Sie sahen das Heck von Slaughters Auto im grellen Scheinwerferlicht. Jenseits der Kurve beobachtete Mr. Andrews, wie Slaughters Wagen von der Fahrbahn abkam, und kurz darauf raste das Verfolgerauto, das den Unfall verursacht zu haben scheint, an ihm vorbei, und zwar kurz vor einundzwanzig Uhr vierzig.«

»Hoffentlich tragen unsere Aussagen dazu bei, daß Sie den Schuldigen finden«, meinte Andrews.

Asquith drückte mit langsamen Bewegungen seine Zigarette aus.

»Das hoffe ich auch, Mr. Andrews«, sagte er. »Aber trotz aller Übereinstimmung gibt es auch einen Widerspruch.« Er richtete den Blick auf Dulles. »Sie haben also die Rücklichter des ersten Wagens gesehen? Rote Rücklichter?«

»Ja.«

»Wie viele?«

Dulles runzelte verwirrt die Stirn.

»Natürlich zwei!« rief er aus. »Ein Auto hat zwei Rücklichter, oder?«

»Gewiß, Mr. Dulles. Aber zwei Autos haben vier Rücklichter. Und da Sie die Rücklichter von Slaughters Wagen sahen, hätten Sie – sogar aus größerer Nähe – auch die Rücklichter des zweiten Fahrzeugs sehen müssen! Darin besteht der Widerspruch, Mr. Dullles.«

»Aber... Ich habe nur zwei rote Lichter gesehen, Inspektor«, versicherte Dulles. »Das kann ich notfalls beschwören. Vielleicht fuhr der zweite Wagen ohne Licht?«

»Aber Sie sagten doch, seine Scheinwerfer hätten das Heck des ersten Wagens grell angestrahlt?«

»Ich bin bereit, zu beschwören, daß ich nur zwei rote Rücklichter gesehen habe!« wiederholte Dulles erregt.

»Und die Aussage von Mr. Andrews bestätigt, daß es einen zweiten Wagen gab, der hinter dem ersten herfuhr«, gab der Inspektor zu bedenken.

»Vielleicht hatte der Fahrer des zweiten Wagens absichtlich die Rücklichter und die Kennzeichenbeleuchtung außer Betrieb gesetzt, um nicht erkannt zu werden?« wandte Dulles ein.

Asquith schaute ihn interessiert an.

»Das wäre immerhin eine Erklärung«, stimmte er zu. »Das wird man in Betracht ziehen müssen...«

Schritte erklangen in der Dunkelheit des Ganges. Draußen heulte der Wind in böigen Stößen und peitschte den Regen gegen die Fensterscheiben. Manchmal zuckten Blitze über den sekundenlang fahlblau erhellten Himmel. In der Ferne rollte der Donner.

Einen Moment lang gingen die Schritte in der Dunkelheit und im Tumult unter...

Ein Türknauf wurde langsam herumgedreht...

6

Sie hielt inne, zuckte zusammen, als die Tür knarrte. Sie wagte kaum zu atmen, verharrte eine Weile regungslos. Nur der Regen war zu hören, der an die Fensterscheiben trommelte.

Sie trat ein und machte die Tür vorsichtig hinter sich zu.

Er hatte sie nicht erwartet, aber er wußte gleich, wer es war; ihr Parfüm verriet sie und die langen Haare, als er ihr den Arm um den Hals legte und sie die Pistole im Rücken spüren ließ.

»Paul«, murmelte Rachel.

Sofort ließ Walker sie los und legte die Waffe auf das Nachtkästchen.

»Mach kein Licht, Paul...«

Beide hoben sich im schwachen Lichtschimmer, der zum Fenster hereindrang, nur als Silhouetten von der Dunkelheit ab.

»Was ist los?« fragte Walker und sah auf das Leuchtzifferblatt seiner Uhr. Es war kurz nach fünf Uhr morgens.

»Ich kann nicht schlafen.«

Sie flüsterte ihm etwas ins Ohr. Die Wärme ihres Körpers verwirrte ihn. Auf der einen Seite fühlte er sich zu Rachel hingezogen, auf der anderen hielt ihn etwas wie schon früher zurück. Aber die erste der beiden Empfindungen behielt die Oberhand. Er wehrte sich nicht gegen ihre leidenschaftlichen Küsse.

»Bist du denn blind, Paul?« murmelte sie. »Merkst du denn nicht, daß ich nach dir verrückt bin?«

Verrückt, ja, das war es... Nein, er konnte sich kein zweitesmals befreien, obwohl er es noch immer wollte.

Es gab kein Zurück mehr. Ja, sie würden einander angehören mit der Gewalt des Sturmes, der draußen tobte, des Regens, der alles überflutete, des Donners, der alles übertönte.

Aber der Schrei ließ es nicht dazu kommen.

Der Schrei aus einem anderen, tiefer gelegenen Stockwerk.

Der Schrei, den Ann Slaughter ausgestoßen hatte...

*

Sie befanden sich alle in Sir Roderics Zimmer: Lady Ann, George, Peter und Maud, sogar Elsie und Joyce.

Rachel und Walker erschienen als letzte.

»Bitte!« flehte Ann und packte Walker am Ärmel. »Wieder ein Anfall...« Sie deutete auf das Bett. Sir Roderics Züge glichen einer Wachsmaske. »Sie haben ihn heute morgen gerettet, Walker! Ich kann nicht glauben, daß es...«

Walker machte sich behutsam los und beugte sich über Sir Roderic. Er tastete nach dem Puls. Das Handgelenk war eiskalt. Er zog ein Augenlid des Kranken hoch: Die Erweiterung der Pupillen war unverkennbar.

»Es ist zu spät«, sagte er. »Sir Roderic ist seit mindestens einer Stunde tot, Madam.«

»Wie können Sie das behaupten? Sind Sie allwissend?« brauste Peter auf. »Vielleicht lebt Onkel Roderic noch, Tante! Warum rufen wir nicht Doktor Hughes?«

»Ich dachte, das hätten Sie längst getan«, meinte Walker. »Das Telefon steht neben Ihnen.«

»Los, mach schon!« herrschte Rachel ihn an.

Dann erst erreichte der Schock seine volle Wirkung. Schluchzend fiel Rachel ihrer Mutter um den Hals.

Der Tiger dieses Dschungels, wie Rachel sich einmal ausgedrückt hatte, war tot. Für Sir George, seinen Bruder, war eine Epoche der Unterdrückung zu Ende gegangen. Für Maud und Peter – was hatte sich für sie durch den Tod des Onkels geändert? Und Lady Ann? Bedeutete es für sie das Ende eines Alptraums?

Peter verständigte Dr. Hughes und legte den Hörer wieder auf.

Einer nach dem anderen verließ das Zimmer. Maud und Rachel stützten Lady Ann. Joyce und Elsie folgten ihnen schweigend. Peter fragte, ob noch etwas zu tun sei, und schloß sich ihnen an. Sir George und Walker waren die letzten.

»Seltsam«, bemerkte Sir George. »Mein Bruder sieht im Tode

so heiter aus, was er während seines ganzen Lebens nicht war. Gestern hat er uns noch tyrannisiert, und jetzt... Nein, er war kein guter Mensch. Ich mag gar nicht daran denken, was er alles seiner Frau angetan hat. Und noch einer anderen, die er wenige Monate nach seiner Hochzeit kennenlernte, der er die Ehe versprach und die er sitzenließ, als sie ein Kind erwartete...«

»Warum weihen Sie mich ausgerechnet jetzt in Familiengeheimnisse ein, Sir?«

»Weil mir danach zumute ist, Walker. Weil ich das alles so lange mit mir herumschleppen mußte...«

Walker schwieg.

»Ann... Was hätte ich ihr alles geben mögen! Und was hat er ihr gegeben? Etwa Glück? Läßt Glück sich mit Geld erreichen, mit Ungeduld, mit Herrschsucht?«

Walker nahm alles stillschweigend zur Kenntnis. Sir George liebte also Ann, seine Schwägerin, hatte sie vermutlich schon seit Jahren geliebt...

Gegen acht Uhr traf Dr. Hughes zusammen mit Inspektor Asquith ein, der vorgehabt hatte, sein Gespräch mit Sir Roderic fortzusetzen. Mittlerweile hatte er jedoch schon von dessen Tod erfahren.

Walker geleitete Hughes, Asquith und Sir George in das Zimmer des Verstorbenen, den der Arzt kurz, aber gründlich untersuchte.

»Es ist genau das eingetreten, was ich befürchtet habe«, erklärte er anschließend. »Wenn er meinen Rat befolgt hätte...«

»Er hat schon vorgestern einen Anfall erlitten, während ich mit ihm sprach«, sagte der Inspektor.

»Dann waren es also insgesamt drei, und dieser verlief tödlich.«

»Bestehen irgendwelche Zweifel hinsichtlich der Todesursache?« erkundigte sich Asquith aus purem Pflichtbewußtsein.

»Nein. Ich bin bereit, den Totenschein auszustellen«, sagte Dr. Hughes.

»Nun gut«, seufzte der Inspektor. »Ich wünschte, der tödliche Unfall seines Sohnes ließe sich auch so leicht aufklären. Übrigens kann jetzt mit Sicherheit angenommen werden, daß der Unfall provoziert wurde.«

Unwillkürlich richteten sich die Blicke der drei übrigen auf Inspektor Asquith. Sie verrieten Überraschung und begreifliche Neugier.

»Das Überholmanöver, von dem immer die Rede war, hat stattgefunden«, fuhr Asquith fort. »Die Aussagen des Handlungsreisenden Colin Andrews decken sich mit den bisherigen Erklärungen des Pförtners von Harper and Co., Norman Dulles. Ein wichtiger Punkt ist allerdings noch zu klären, und deshalb wollte ich noch einmal mit Sir Roderic sprechen. Schade, daß dies nun nicht mehr möglich ist.«

»Und Sie glauben, mein Bruder wäre in der Lage gewesen, Ihnen die fehlenden Informationen zu liefern?« erkundigte sich Sir George erstaunt.

»Vielleicht«, meinte Asquith.

»Worum handelt es sich?« fragte Sir George.

»Der Wagen, der dem Ihres Neffen folgte, fuhr ohne Rücklicht und ohne Kennzeichenbeleuchtung.«

»Und was hatte mein Bruder mit diesem Wagen zu tun, Inspektor?«

»Das hätte nur er mir oder Ihnen sagen können, Sir George«, antwortete Asquith trocken.

»Warten Sie . . . Denken Sie vielleicht an – an meinen Sohn Peter?«

»Nicht unbedingt. Aber es könnte vielleicht nicht schaden, wenn ich mich ausführlicher mit ihm unterhalte.«

»Peter ist gerade nicht da. Er kümmert sich um verschiedene Formalitäten, die wegen des Todes meines Bruders zu erledigen sind . . . Aber täuschen Sie sich nicht, Inspektor. Mein Sohn wäre niemals fähig gewesen, seinen Vetter vorsätzlich zu töten, auch wenn er sich nicht immer mit ihm vertragen hat.«

»Ich bemühe mich um Objektivität, Sir George. Ich bin auch weit davon entfernt, Ihren Sohn zu verdächtigen.«

Dr. Hughes hatte den Totenschein ausgefüllt. Nun unterschrieb er ihn und überreichte ihn Sir George.

»Vielleicht hätten wir ihn retten können, wenn die Krise nicht gerade in den frühen Morgenstunden eingetreten wäre ...«

»Meine Schwägerin schlief nebenan und hatte die Verbindungstür geöffnet«, erklärte Sir George und deutete auf die betreffende Tür, die noch immer offen war. »Sie wachte vom Geräusch des Donners auf und beschloß, nach ihrem Mann zu sehen. Da war er schon tot.«

»Ich verstehe«, sagte Dr. Hughes. »Ich werde Lady Ann mein Beileid aussprechen. Meine Anwesenheit hier ist wohl nicht mehr erforderlich.«

Er durchquerte das Zimmer und ging hinaus; wenig später folgten ihm Sir George, Asquith und Walker.

Harman Atwood traf eine halbe Stunde vor dem Mittagessen ein.

»Wie geht's?« begrüßte er Walker, als dieser ihn einließ, und reichte ihm lächelnd seinen Hut.

»Gut, Sir. Danke.

»Haben Sie sich schon eingewöhnt?« fragte er etwas leiser.

»Durchaus, Sir.«

»Sir Roderics Tod ist natürlich ein schwerer Schlag... Wo sind Lady Ann, Miss Rachel und die anderen?«

»Im Salon, Sir.«

Atwood ging auf die Tür zum Salon zu, während sich Walker in die Küche begab.

Das Mittagessen wurde schweigend eingenommen. Atwood war der einzige, der ab und zu etwas sagte. In der Hauptsache sprach er von bestimmten Dokumenten, deren Ausfertigung und Beschaffung vordringlich war.

Während Walker zusammen mit Joyce das Essen servierte, beobachtete er jeden einzelnen. Er vermochte nicht zu ergründen, ob Lady Ann wirklich tiefen Schmerz empfand, ob Rachel echte Tränen um den Vater geweint hatte. Auch George Slaughter blieb undurchschaubar. Zweifellos fühlte er sich bereits als neues Familienoberhaupt, aber er gab sich redliche Mühe, die anderen nichts davon merken zu lassen. Maud war so phlegmatisch wie eh und je. Nur Peter war anders als sonst: bleich, nervös, irgendwie verstört. Er warf gehetzte Blicke um sich wie ein Hund, der um seinen Knochen bangt. Harman Atwood legte als einziger eine gewisse Gelassenheit an den Tag, die Unerschütterlichkeit des Familienanwalts, der sich auf seine Aufgaben beschränkt. Walker war sicher, daß Atwood Sir Roderic nicht sehr nahegestanden hatte.

Nachdem die Leiche in die Aussegnungshalle der Kirche in Margate transportiert worden war, fand am Nachmittag unter Harman Atwoods Vorsitz eine Familienkonferenz hinter verschlossenen Türen statt.

Bei dieser Gelegenheit platzte die Bombe. In seinem Testament hatte Sir Roderic Slaughter zu seinem Nachfolger als Chef der Firma seinen Bruder bestimmt.

Das gab Walker natürlich sofort zu diversen Spekulationen Anlaß. Gab es einen Zusammenhang zwischen der Tatsache, daß Sir George die Nachfolge seines Bruders in der Firma antrat, und dem tödlichen Autounfall von William Slaughter? Die Möglichkeit war immerhin nicht auszuschließen! Denn wer anders als William hätte die Leitung des Unternehmens übernommen, wenn er noch am Leben gewesen wäre? Falls also Sir George die Nachfolge seines Bruders angestrebt hatte, war es da nicht denkbar, daß er mit Unterstützung seines Sohns den ursprünglichen Nachfolger von Sir Roderic beseitigt hatte?

Walker entfernte sich unauffällig von der Tür, wo er die

Verlesung dieses wichtigsten Teils des Testaments belauscht hatte. Der Gedanke ließ ihn nicht los. Was sprach dagegen, daß Sir George und sein Sohn hinter dem tödlichen Autounfall von William Slaughter steckten? Falls Inspektor Asquiths Ansicht zutraf, die auf den Aussagen von Norman Dulles und Colin Andrews basierte ...

Trotzdem durfte auch die Möglichkeit nicht außer acht gelassen werden, daß Mike Lewin und Fay Wheatley in den Fall verwickelt waren. Sobald die Familie sich in der Aussegnungshalle versammelte, würde Walker die Gelegenheit nutzen und die beiden aufsuchen. Mike Lewin hatte sich schließlich mit William wegen Fay entzweit ...

Schon vor der Ankunft von Atwood hatte Lady Ann ihn gebeten, den Wagen bereitzuhalten und die Familie später nach Margate zu fahren. Daher ging Walker jetzt in sein Zimmer und zog sich die Chauffeuruniform an.

Eine Viertelstunde später betrat er die Garage. Deutlich erinnerte er sich an die Behauptung des Inspektors, Rücklichter und Kennzeichenbeleuchtung des zweiten Wagens hätten nicht gebrannt.

Peters Wagen stand neben Rachels Porsche. Der Zündschlüssel steckte. Walker drehte ihn herum, bis der Kontakt hergestellt war, und schaltete das Licht ein. Dann stieg er aus dem Wagen und ging um ihn herum. Vorn war Standlicht an, hinten brannten – wie erwartet – Rücklichter und Kennzeichenbeleuchtung.

Walker schaltete die Beleuchtung wieder aus und ging zu seinem eigenen Morris, der noch so dastand, wie er ihn am Tag seiner Ankunft abgestellt hatte. Er öffnete den Kofferraum und nahm aus der Werkzeugtasche einen Schraubenschlüssel.

Dann kniete Walker am Heck von Peters Wagen nieder und begann die Verkleidung des einen Rücklichts abzuschrauben.

*

Gegen fünf Uhr an diesem Nachmittag fuhr Walker Lady Ann, Sir George und Maud im Ford Cortina nach Margate. Peter, Rachel und Harman Atwood benutzten ihre eigenen Wagen.

Von diesem Augenblick an war Saint Cross Mansion verlassen. Elsie, die Köchin, hatte ihr freies Wochenende, und Joyce war bis zum Sonntagabend beurlaubt worden.

Walker hielt auf dem kleinen Parkplatz der Kirche, wo gerade noch ein Platz frei war, und begleitete Lady Ann, George und Maud in die Kapelle, in der Sir Roderics sterbliche Überreste aufgebahrt waren. Rachel und Peter waren schon kurz vorher eingetroffen.

Walker verharrte einige Minuten lang schweigend und wunderte sich über den heiteren Ausdruck von Sir Roderics Zügen. Der Tote sah aus, als schlafe er nur. Die flackernden Kerzen über dem Altar verliehen seinem Gesicht eine frische Farbe.

Rachel stand seitlich vor Walker und sah ihn nicht an. Sie hielt den Kopf leicht gesenkt, aber Walker spürte, daß sie von seiner Anwesenheit wußte. Schließlich hob sie den Kopf, und ihre Blicke trafen sich. Ihre Schönheit machte ihn aufs neue betroffen.

Leise trat Walker neben Lady Ann, um deren Anweisungen entgegenzunehmen. Sie beurlaubte ihn für den Rest des Tages, erklärte jedoch, sie werde am späten Abend in Saint Cross Mansion anrufen, um Walker gegebenenfalls neue Instruktionen zu erteilen. Er sagte ihr, er werde bis zum Abend in Margate bleiben und auf dem Rückweg ins Haus noch einmal hier vorbeikommen.

Der Himmel war bedeckt, und es roch nach feuchter Erde und dem nahen Meer. Walker ließ die Mütze im Wagen und vertauschte abermals die Uniformjacke mit einem Rollkragenpullover. Der Moment für ein Zusammentreffen mit Mike Lewin und Fay Wheatley war gekommen, obwohl Walker mit ziemlicher Sicherheit glaubte, den Mörder William Slaughters bereits entdeckt zu haben. Vor seinem Besuch im Hotel, wo Lewin wohnte, beschloß er jedoch, im ›Flamingo‹ ein Bier zu trinken.

Kaum hatte der Barkeeper ihn erblickt, bestürmte er ihn auch schon mit Fragen über Sir Roderics plötzlichen Tod. Walker gab oberflächlich Auskunft, nahm das Bierglas und eine Zeitung, die jemand auf der Bartheke vergessen hatte, und ging zu einem etwas entfernteren Tisch. Mit Erleichterung stellte er fest, daß im selben Moment weitere Gäste das Lokal betraten und an der Theke Platz nahmen. Mit ihnen würde der Barkeeper wohl ausreichend beschäftigt sein. Dabei war Walker entgangen, daß noch jemand hereingekommen war; jemand, der zielstrebig auf seinen Tisch zusteuerte und sich ihm gegenübersetzte, ohne um Erlaubnis zu fragen.

Als Walker von der Zeitung aufsah, blickte er in das ausdruckslose Gesicht von Inspektor John Asquith.

»Guten Abend, Walker«, begrüßte ihn der Inspektor mit ebenso ausdrucksloser Stimme und zündete die Zigarette an, die schon zwischen seinen Lippen steckte.

Walker, dem seine Rolle als Butler in Fleisch und Blut übergegangen war, wollte aufstehen.

»Lassen Sie den Unsinn, Walker«, sagte Inspektor Asquith. »Die anderen konnten Sie vielleicht hinters Licht führen, aber mich nicht.«

»Ich verstehe nicht, Sir«, antwortete Walker zögernd.

»Sie sind ebensowenig Butler, wie ich Mitglied des Unterhauses bin, Walker! Ich muß gestehen, ich habe mich bis jetzt noch nicht ausführlich mit Ihnen befaßt, da Sie nicht auf meiner Liste der Verdächtigen stehen. Muten Sie mir bitte nicht zu, auch noch Ihretwegen Zeit zu vergeuden. Ich nehme Ihnen ab, daß Sie zufällig Ihre Ferien hier verbrachten, als sich der Unfall ereignete. Aber den Rest? Nein. Sind Sie bereit, mir Ihre wahre Identität zu verraten und den Grund, warum Sie hier als Butler auftreten?«

Walker war schon früher zu der Überzeugung gelangt, daß

der Inspektor alles andere als ein Dummkopf war. Es wäre also wirklich pure Zeitverschwendung gewesen, lange zu leugnen. Walker überzeugte sich, daß der Barkeeper noch durch die Gäste an der Theke abgelenkt war, und schenkte Asquith reinen Wein ein.

Der Inspektor zeigte sich über alle Maßen verblüfft.

»Arzt und Schriftsteller?« sagte er lachend. »Alles hätte ich erwartet, nur das nicht. Ich hätte mich nicht gewundert, wenn Sie ein Privatdetektiv gewesen wären, den Sir Roderic oder ein anderes Familienmitglied mit Nachforschungen beauftragt hätte. Statt dessen lerne ich den Autor eines Buches kennen, das ich mit großer Begeisterung gelesen habe!«

»Muß ich meine Stellung aufgeben – nun, da Sie Bescheid wissen?« fragte Walker und überhörte absichtlich das Lob des Inspektors.

»Nein, keineswegs ... Allerdings habe ich den Verdacht, daß Sie in erster Linie der geheimnisvolle Tod von William Slaughter dazu bewogen hat, diesen Posten überhaupt zu übernehmen. Und deshalb möchte ich Sie um Ihre Mitarbeit bitten.«

»Mir scheint, diese Bitte kann ich Ihnen nicht abschlagen – selbst wenn ich es wollte«, meinte Walker.

Der Inspektor nickte nur und fragte: »Hat irgend jemand von der Familie herausgefunden, wer Sie wirklich sind?«

Walker berichtete, daß Rachel Bescheid wußte und daß sie sozusagen ein Abkommen miteinander getroffen hatten.

»Natürlich weiß ich nicht, ob nicht auch ein anderes Familienmitglied dahintergekommen ist«, fügte er hinzu und nahm die Zigarette, die Asquith ihm anbot. Dann lächelte er. »Trotzdem glaube ich, Ihnen mit meiner Mitarbeit gleich jetzt dienlich sein zu können.«

»Inwiefern?«

»Ich beziehe mich auf etwas, was Sie heute morgen erwähnten, nämlich jenen Wagen, der angeblich ohne Rücklichter fuhr.«

»Und ohne Kennzeichenbeleuchtung«, ergänzte der Inspektor.

»Ich habe einen ganz bestimmten Wagen untersucht.«

»– und Sie haben festgestellt, daß jemand sich vor kurzem an den Rücklichtern zu schaffen gemacht hatte, stimmt's? Nämlich an den Drähten in den beiden hinteren Ecken des Kofferraums, nicht wahr?«

»Ja«, bestätigte Walker ein wenig überrascht. »Die Rücklichter selbst waren tadellos in Ordnung.«

»Sie haben also festgestellt, daß die Drähte durchgeschnitten und später mit Isolierband wieder zusammengefügt worden sind.« Asquith lächelte. »Wann haben Sie sich Peter Slaughters Wagen vorgenommen?«

»Heute nachmittag«, gestand Walker. »Ich dachte zuerst, es hätte an den Rücklichtern selbst gelegen. Daß es die Drähte waren, bemerkte ich erst später.«

»Hm. Ich hatte die gleiche Idee wie Sie, aber Ihnen bot sich früher eine Gelegenheit. Ich mußte erst dafür sorgen, daß Peter keinen Parkplatz vor der Kirche fand und seinen Wagen zwanzig Meter entfernt auf der Straße abstellen mußte. Ebenso sorgte ich dafür, daß Sie eine Parklücke fanden – dort hatte ich nämlich bis kurz vor Ihrer Ankunft meinen eigenen Wagen stehen. Zusammen mit einem Elektriker untersuchte ich Peter Slaughters Rücklichter und stellte fest, daß an den Drähten herumgebastelt worden war. Bei der Kennzeichenbeleuchtung hat er sich offenbar darauf beschränkt, die Glühbirne herauszuschrauben. Bei den Rücklichtern hätte er erst die Verkleidung abmontieren müssen, und das war ihm wohl zu kompliziert.«

Walker deutete eine Verbeugung an.

»Wissen Sie, ich gehöre nicht zu jenen Autoren, in deren Büchern die Polizei aus lauter Idioten besteht, und mir scheint, ich habe recht.«

»Behalten Sie diese lobenswerte Einstellung auch in Ihren nächsten Werken bei«, riet ihm Inspektor Asquith und drückte seine Zigarette aus. »Es hat ganz den Anschein, als könnte diese Entdeckung die Lösung des Rätsels sein. Finden Sie nicht?«

»Nicht ganz. Jedenfalls bezweifle ich, ob sie beweiskräftig genug ist.«

»Wieso, Walker?«

»Die beiden Zeugen sind nicht in der Lage, den Wagen, der den Unfall verursacht hat, eindeutig zu identifizieren.«

Asquith nickte zögernd.

»Hm... Aber einen Schritt vorwärts bringt es uns zweifellos. Vor allem da von den Tauchern, die im Meer Wrackteile des Unfallwagens suchten, keinerlei Resultate zu erwarten sind. Haben Sie bemerkt, wie besorgt Sir George dreinblickte, als ich den Wagen ohne Rücklichter erwähnte?«

»Ja, schon. Aber das allein beweist natürlich auch nichts.«

»Zugegeben«, meinte Asquith. »Aber ich kann warten. Eine der wenigen guten Eigenschaften, die ich besitze, ist die Geduld... Glauben Sie an Ahnungen, Walker?«

»Bis zu einem gewissen Grad«, räumte Walker ein.

»Ich habe nämlich so eine Ahnung, daß Sie vorhaben, anschließend das Hotel Bicken Hall aufzusuchen, um mit Mike Lewin zu sprechen. Habe ich recht?«

»Nun ja, ich habe mit dem Gedanken gespielt«, gab Walker widerwillig zu.

»Sparen Sie sich die Mühe. Lewin und Fay Wheatley sind heute morgen nach London abgereist. Ich hatte nämlich auch davon gehört, daß William Slaughter und Lewin sich beide für Fay Wheatley interessierten und daß Fay ihre Gunst eher William zu gewähren schien. Aber Lewin und das Mädchen haben beide ein unerschütterliches Alibi für die Unglücksnacht. Keiner von ihnen kommt als Fahrer des noch nicht identifizierten Wagens in Betracht.«

»In diesem Fall –«

»In diesem Fall«, unterbrach ihn der Inspektor, »ist der

Schuldige zweifellos unter den Mitgliedern der Familie Slaughter zu suchen... Mit einer Ausnahme.«

»Wieso?«

»Am fraglichen Samstag war Harman Atwood, der Anwalt Sir Roderics, in Saint Cross Mansion zu Besuch und kehrte erst nach dem Abendessen, kurz vor einundzwanzig Uhr, nach London zurück. Und von diesem Zeitpunkt an bis zum nächsten Morgen hat er kein Alibi.«

Das war Walker neu.

»Was für ein Interesse könnte Atwood an Williams Tod gehabt haben?« fragte der Inspektor.

»Ich habe nicht die geringste Idee... Aber wer beweist uns, daß Atwood nicht irgendwo versteckt auf William Slaughter gelauert hat? Und noch etwas. Wissen Sie schon, daß Sir Roderic seinen Bruder zum Nachfolger bestimmt hat?«

»Nein, das wußte ich noch nicht.« Asquith konnte sein Erstaunen nicht verhehlen. »Das macht den Verdacht gegen Peter natürlich nicht geringer. Im Gegenteil, es dehnt ihn auf Sir George aus, falls dieser über die betreffende Klausel im Testament Bescheid wußte und falls ursprünglich William als Nachfolger seines Vaters vorgesehen war... In diesem Falle hätte Sir George nämlich ein sehr starkes Motiv gehabt, William zu beseitigen!«

»Darüber kann Ihnen sicherlich Atwood Auskunft geben.«

»Zweifellos.« Der Inspektor stand auf und reichte Walker die Hand. »Solange Sie Studien für ein neues Buch betreiben, Walker, geht mich das nichts an. Was jedoch den Fall Slaughter betrifft – machen Sie bitte nicht den Fehler, etwas für sich zu behalten.«

»Keine Sorge, Inspektor«, beruhigte ihn Walker. »Ich bin schließlich Amateur und bilde mir nicht ein, es mit Ihnen aufnehmen zu können. Ich beschränke mich aufs Bücherschreiben.«

»Um so besser«, meinte Asquith lächelnd. »Trotzdem, Walker. Überlegen Sie jeden Ihrer Schritte, wagen Sie sich nicht zu weit vor. Wer weiß, vielleicht kennt außer Rachel und mir noch jemand Ihre wahre Identität – jemand, der nicht davor zurückschrecken würde, Ihnen eine Falle zu stellen; vielleicht sogar eine tödliche.«

»Ich werde auf mich achtgeben«, versprach Walker, und zum erstenmal seit seinem Dienstantritt bei der Familie Slaughter verspürte er Angst. Aber der Gedanke an die Waffe, die er in der Kommode in seinem Zimmer aufbewahrte, flößte ihm gleich wieder Zuversicht ein.

Inspektor Asquith schritt zum Ausgang. Als er die Tür öffnete, erkannte Walker, daß es wieder zu regnen angefangen hatte. Es war ein ganz leichter Nieselregen, der wie feuchter Staub in der Luft hing.

Nach einer Weile zahlte Walker und ging ebenfalls.

Walker vertauschte den Rollkragenpullover wieder mit der Uniformjacke und fuhr zur Kirche zurück. In der Aussegnungshalle waren noch immer alle versammelt: Lady Ann, Sir George, Rachel, Maud, Peter und Harman Atwood. Den Anwalt beobachtete Walker unwillkürlich mit neuem Interesse. War er wirklich an jenem Samstag in Saint Cross Mansion gewesen? War er in den Fall verwickelt?

Außer der Familie waren noch zwei Ehepaare und ein dicker Mann anwesend, der sich etwas abseits hielt. Walker kannte keine der Personen. Er trat wieder auf Ann zu und neigte sich zu ihr. Sie flüsterte ihm zu, niemand werde im Hause zu Abend essen, sie alle würden in Margate nacheinander eine leichte Mahlzeit zu sich nehmen und die Totenwache fortsetzen. Im übrigen werde sie Walker später zu Hause anrufen.

Nach ein paar Minuten kehrte Walker in den Regen zurück, stieg in den Wagen und fuhr los. Das Wetter mahnte zur Vorsicht. Er schaltete die Scheibenwischer ein und zündete sich eine Zigarette an.

Kurze Zeit später näherte er sich der Stelle, an der William

Slaughter die Kontrolle über sein Fahrzeug verloren hatte. Unwillkürlich nahm Walker den Fuß vom Gaspedal und trat leicht auf die Bremse...

Kein Widerstand! Das Bremspedal ließ sich durchtreten, ohne daß sich die geringste Wirkung zeigte!

Die gefährliche Kurve kam erschreckend schnell näher. Verzweifelt trat Walker immer wieder das Pedal durch... Nichts!

Panik erfaßte ihn. Noch hatte er die Kontrolle über den Wagen nicht verloren, aber... Was tun? Wohin sich wenden? Dort drüben war der Abgrund, der William Slaughter und Dodson, die aus der Gegenrichtung gekommen waren, verschlungen hatte. Auf der anderen Straßenseite stieg das Gelände steil an – unmöglich, dorthin auszuweichen, ohne zurückgeschleudert zu werden!

Walker versuchte mit Hilfe des Motors zu bremsen, einen niedrigeren Gang einzulegen, die Straßenmitte zu erreichen, um möglichst viel Spielraum nach beiden Seiten zu haben – da geriet der Wagen auch schon ins Schleudern, und Walker konnte die Richtung nicht mehr bestimmen...

Das letzte, was er sah, war der Abgrund. Er kam auf ihn zu.

Im Jenseits sah es offenbar genauso aus wie im Diesseits. Auch hier ein grauer Himmel, rauhes Gelände, eine Straße, die vor Feuchtigkeit glitzerte, feiner Nieselregen, der wie feuchter Staub in der Luft hing...

Es dauerte eine Weile, bis Walker begriff, daß er noch lebte, daß er offenbar verschont worden war. Er grinste.

Der Wagen war etwa drei Meter vor dem Abgrund zum Stehen gekommen. Die Tür war aufgegangen. Walkers Beine befanden sich noch im Wagen, mit dem Oberkörper lag er draußen im Schlamm. Er spürte keine Schmerzen, aber das hatte wenig zu bedeuten. Ganz langsam versuchte er, sich zu bewegen, die Beine aus dem Wagen zu ziehen. Erstaunlicherweise gelang es ihm ohne Schwierigkeit.

Er blickte auf die Armbanduhr, die heil geblieben war. Es war keine Viertelstunde vergangen, seit er festgestellt hatte, daß die Bremsen versagten...

Der Inspektor hatte ihn gewarnt. ›Überlegen Sie jeden Ihrer Schritte, wagen Sie sich nicht zu weit vor‹, hatte er gesagt. Vor einer Falle hatte er ihn gewarnt, die ihm vielleicht jemand stellen konnte. Und siehe da, die Befürchtung hatte sich blitzschnell bewahrheitet. Jemand hatte in der Tat versucht, ihn zu töten!

Vorsichtig stand Walker auf. Tatsächlich, es ging... Unbegreiflicherweise war er unverletzt. Er hatte die Mütze verloren, seine Uniform war dreckverschmiert, aber was machte das schon? Er lebte.

Walker ging zum Wagen, öffnete die Motorhaube des Ford und stellte fest, daß der Bremsflüssigkeitsbehälter völlig leer war, jedoch unbeschädigt. Das war der Beweis. Jemand hatte die Bremsflüssigkeit abgezapft, weil er es auf sein Leben abgesehen hatte.

Wer? Wer hatte gewußt, daß er als einziger im Wagen nach Hause zurückkehren würde? Ann hatte es zweifellos gewußt. Sie hatte ihm mitgeteilt, sie alle würden nacheinander in Margate zu Abend essen, um die Totenwache nicht zu unterbrechen.

War Ann es gewesen? Oder Rachel? George Slaughter? Peter? Harman Atwood? Oder Maud, die unscheinbare, schweigsame Maud? Wer von ihnen hatte sich die Mühe gemacht, den Bremsflüssigkeitsbehälter zu leeren, ohne irgendwelche Spuren zu hinterlassen? Zum Beispiel mit einer Injektionsspritze?

Walker fuhr im ersten Gang nach Hause zurück, bereit, notfalls die Handbremse zu betätigen. Er atmete auf, als er die Mauer auftauchen sah, die den Landsitz der Familie Slaughter umgab.

*

In seinem Zimmer öffnete Walker sofort den Kleiderschrank, nahm seine Arzttasche heraus und durchsuchte sie. Etwas fehlte: die Zwanzigkubikzentimeterspritze! In gewissem Sinne also die Mordwaffe... Er stellte die Tasche in den Schrank zurück, öffnete die Kommodenschublade und griff nach seiner Pistole. Sie war ordnungsgemäß geladen und gesichert. Er befestigte den Halfter so am Gürtel, daß er nicht auftrug, und steckte die Waffe hinein. Er wollte den Rat von Inspektor Asquith beherzigen und nichts riskieren.

Er ging ins Erdgeschoß hinunter, betrat Sir Roderics Arbeitszimmer und rief den Inspektor an. In kurzen Worten schilderte er ihm, was vorgefallen war. Asquith beglückwünschte Walker zu seiner Rettung und riet zu doppelter Vorsicht. Dieser neue Mordanschlag schien zu bestätigen, daß auch der Unfall, dem William Slaughter zum Opfer gefallen war, sich nicht zufällig ereignet hatte. Man war also auf der richtigen Spur.

»Ich werde sofort meine Maßnahmen treffen«, sagte Asquith, »und einen meiner Beamten in die Aussegnungshalle schicken, damit er sich unauffällig unter die Trauergäste mischt. Da Lady Ann versprochen hat, Sie später anzurufen, wird irgend jemand – und sei es Lady Ann selbst – sehr darüber erschrecken, daß Sie sich am Telefon melden. Diesen Jemand wird mein Beamter herauszufinden versuchen, indem er die Trauergäste aufmerksam beobachtet. Dann wissen wir, wem auf der Liste der Verdächtigen die Nummer eins gebührt.«

»Allerdings stellen gewisse Reaktionen noch keinen unwiderlegbaren Beweis dar«, gab Walker zu bedenken.

»Seien Sie nicht so pessimistisch! Außerdem – ich habe Ihnen ja gesagt: Geduld ist meine Stärke... Es macht mir nichts aus, die Beweise Stück für Stück zusammenzutragen.«

Walker verließ das Arbeitszimmer, durchquerte abermals die Halle und betrat den Salon. Die Erinnerung an sein Zusammentreffen mit Rachel beunruhigte ihn nach wie vor. Er ging nach nebenan und begab sich zur Hausbar.

Als er sich einen Whisky einschenkte, fiel ihm wieder ein, was Sir George gesagt hatte – nämlich, er könne vielleicht eines Tages der Versuchung nicht widerstehen, seinem Bruder Gift in den Whisky zu schütten...

Er hob das Glas und hielt inne. War der Whisky etwa vergiftet? Er betrachtete die goldgelbe Flüssigkeit, zögerte. Durfte er es wagen, das zu trinken? Schließlich grinste er und schalt sich einen Narren. Wer auch immer es auf ihn abgesehen hatte, konnte doch nicht wissen, daß er sich aus dieser Flasche einen Whisky einschenken würde! Er hob abermals das Glas und nippte daran. In diesem Moment schrillte das Telefon durch das alptraumhaft stille, menschenleere Haus. Walker zuckte zusammen und verschüttete ein paar Tropfen.

Er stellte das Glas ab und eilte in die Halle. Kaum hatte er abgehoben, hörte er sie – genau wie letzte Nacht – fast murmelnd seinen Namen aussprechen.

»Paul?«

Hatte sie etwa versucht, ihn zu töten?

»Am Apparat«, meldete er sich schließlich.

»Ich komme zu dir«, fuhr Rachel mit drängendem Unterton fort. »Ich halte es nicht aus...«

Hysterische Besessenheit, diagnostizierte Walker.

»Hörst du mich, Paul?«

»Ja«, sagte er ausdruckslos.

Hatte sie die Bremsflüssigkeit aus dem Behälter entfernt?

»Wartest du auf mich, Paul?«

Was sollte er anderes tun, da er doch ohnehin versprochen hatte, zu Hause zu sein, bis Lady Ann anrief?

»Sie wissen, daß Ihre Mutter mich noch anrufen wollte, Rachel... Außerdem finde ich, Ihr Platz ist heute abend dort, wo die anderen Familienmitglieder auch sind.«

»Da bin ich anderer Ansicht, Paul. Und ich kann nicht glauben, daß du mich zurückstößt. Auch wenn ich gemerkt habe, daß du der Versuchung um jeden Preis widerstehen willst. Warum, Paul?«

Warum... Das war natürlich eine berechtigte Frage. Andere hätten sich für so eine Frau zu den größten Torheiten hinreißen lassen!

»Man hat versucht, mich umzubringen, Rachel«, sagte er, brüsk das Thema wechselnd. »Wie durch ein Wunder bin ich dem Tode entronnen.«

Warum hatte er ihr das gesagt? Er wunderte sich über sich selbst. Schließlich konnte sie ja durchaus hinter dem Mordversuch stecken!

Am anderen Ende der Leitung blieb es längere Zeit still.

»Ich bin noch da«, sagte er nach ein paar Sekunden.

»Willst du mich erschrecken oder mich von dir fernhalten, Paul?«

»Ich habe dir die Wahrheit gesagt...«

Noch eine Überraschung. Er hatte sie auch geduzt. Er spürte, daß er an Boden verlor, daß er im Begriff war, Rachel ins Netz zu gehen.

»Um Himmels willen, Paul! Schwindelst du mich nicht an?«

»Nein.«

»Wer wollte dich umbringen, Paul?«

»Einer von euch.«

»Einer von – uns?« Er hörte sie atmen. »Du glaubst doch nicht etwa, daß ich – ich...«

»Jedenfalls glaube ich, du solltest heute abend dort bleiben, wo du bist«, wiederholte Walker.

»Nein... Ich komme zu dir!«

Die Verbindung wurde jäh unterbrochen.

Langsam legte Walker den Hörer auf. Er machte das Licht an und starrte auf die beiden metallisch glitzernden Rüstungen, die sich aus dem Halbdunkel der Vorhalle abhoben, aber im Grunde sah er sie gar nicht. Er dachte an Rachel, an die Versuchung, die das bevorstehende Zusammentreffen in sich barg, an die Versuchung inmitten der Einsamkeit und des Schweigens in diesem großen Haus. Und er dachte wieder, ob nicht sie es gewesen war, die versucht hatte, ihn aus dem Weg zu räumen ...

Rachel verließ die Telefonzelle, schlug den Kragen des Regenmantels hoch und überquerte die regengepeitschte Straße. Sie betrat das ›Flamingo‹, setzte sich an die Theke und bestellte eine heiße Schokolade und ein Toastbrot.

Der Barkeeper erkannte sie und brachte ihr in den falschesten Tönen sein Mitgefühl zum Ausdruck.

Wenige Minuten vor neun verließ Rachel das Lokal und stieg in ihren Porsche, der unweit am Gehsteigrand geparkt stand. Sie ließ den Motor an, aber bevor sie losfuhr, entnahm sie dem Handschuhfach eine Pistole und steckte sie in die Manteltasche.

Als sie hereinkam, sah Walker ihr tief in die Augen, aber es war ihm unmöglich, ihre Gedanken zu erraten.

Sie standen einander gegenüber und starrten einander schweigend an – Rachel mit den Händen in den Manteltaschen, Walker mit der Rechten am Pistolenhalfter.

Schließlich ergriff sie die Initiative. Furchtlos trat sie heran und umarmte ihn. Als er ihre leidenschaftlichen Lippen spürte, hielt er es nicht mehr für möglich, daß sie für den Anschlag auf sein Leben verantwortlich war.

Es war zwecklos, ihr widerstehen zu wollen, und er widersetzte sich nicht länger ihren Umarmungen. Aber dann fiel ihm etwas auf.

»Hat dich jemand verfolgt?« flüsterte er.

»Nein. Das hätte ich gemerkt.«

»Draußen ist jemand, an einem der Fenster des Salons. Bleib so, umarme mich weiter ...«

Rachel spürte, wie er nach dem Gürtel tastete. Wer auch immer draußen sein mochte, konnte nicht sehen, wie Walker die Waffe zog.

»Sobald ich dich loslasse, läufst du ins Eßzimmer und wartest dort auf mich.«

»Du riskierst, daß jemand auf dich schießt, Paul!«

»Nein. Ich mache das Licht aus. Im Dunkeln sind wir im Vorteil.«

Walker ließ sie los, und Rachel rannte in Richtung Eßzimmer, während er sämtliche Lichter in der Halle und im Salon löschte. Als das Haus in Dunkelheit versank, hörte man das Geräusch von splitterndem Glas.

Walker feuerte auf eines der Fenster des Salons einen Schuß ab, lief zum Eßzimmer und schloß die Tür.

»Paul?«

Rachels Stimme.

»Ja. Wo bist du?«

»Hier. Am Eingang zum Salon.«

Walker fand sich in der Dunkelheit zurecht und ging zu ihr hinüber.

»Bleib in Deckung«, flüsterte er dann, als er an ihrer Seite war.

Der zweite und der dritte Schuß krachten im Salon, diesmal gefolgt von einem metallischen Geräusch, und dann war es, als zerbreche Porzellan.

Walker spürte, wie Rachel seinen linken Arm umklammerte, während er den rechten hob und mit seiner Waffe in den Salon zielte, den Finger am Abzug.

Nervtötende Stille herrschte die nächsten Sekunden.

»Hast du die Gestalt draußen nicht gesehen?« fragte Walker flüsternd.

»Ich habe nicht einmal gewagt, in den Salon zu schauen!« antwortete Rachel noch leiser. »Konntest du erkennen, wer es war?«

»Nein. Ich dachte nur ... Vielleicht Peter.«

»Peter?«

»Ja, aber das hat nichts zu besagen ...«

Abermals lähmende Stille. Rachels Hände waren eiskalt, sie wäre in diesem Moment nicht fähig gewesen, die Pistole in ihrer Manteltasche zu benutzen. Sie begann zu zittern und zuckte zusammen, als plötzlich die Uhr in der Halle langsam zu schlagen begann: eins, zwei, drei, vier, fünf, sechs, sieben, acht ... Rachel umklammerte Walkers Arm noch fester.

»Das ist zum Verzweifeln, Paul! Ich –«

Sie konnte den Satz nicht beenden.

Diesmal lösten im Salon drei Schüsse ein Durcheinander von Folgegeräuschen aus.

»Dort ist er!« rief Walker und drückte viermal hintereinander ab.

Dann folgte eine kurze Pause, die vom Aufheulen eines Motors beendet wurde. Walker wollte in den Salon gehen, aber Rachel hielt ihn zurück.

»Du bist ja wahnsinnig!«

»Es ist nichts mehr zu befürchten«, sagte Walker. Er machte sich von Rachel los, durchquerte den Salon und öffnete eine der Glastüren zum Garten.

Rachel vermochte sich noch nicht zu bewegen. Alles, was sie fertigbrachte, war, die Pistole aus der Manteltasche zu ziehen. Als Walker aus dem Garten zurückkehrte und im Salon das Licht anmachte, zeigte der Lauf der Waffe auf ihn.

Walker hielt mitten im Salon inne und dachte: Jetzt erwischt sie dich mit Sicherheit!

Aber ganz langsam, als schwänden ihr die Sinne, ließ Rachel die Hand sinken und fragte: »Wer war es?«

»Ich weiß es nicht«, sagte er. »Er konnte unerkannt entkommen.«

Nein. Was für ein Unsinn! Rachel dachte keine Sekunde lang daran, auf ihn zu schießen.

Walker ging zu ihr hinüber. Sie fiel ihm um den Hals und begann zu weinen.

Allmählich gingen ihre Tränen in Zärtlichkeit über, und diesmal machte Walker gar keinen Versuch mehr, Widerstand zu leisten.

Sie stiegen die Treppe hinauf in den ersten Stock. Im Haus war es wieder still. Sie erreichten Rachels Zimmer. Niemand dachte mehr an Gefahr ...

7

Das Telefon ließ sie zusammenfahren, als es kurz nach zehn Uhr schrillte. Es regnete auch in dieser Nacht, genauso wie in der letzten. Wieder trommelten Regentropfen an die Fensterscheiben.

Walker sprang aus dem Bett und hob den Hörer von Rachels Apparat ab.

Es war Lady Ann. Und falls sie erwartet hatte, niemand würde sich melden, dann ließ sie es sich nicht anmerken.

»Guten Abend, Madam.«

»Guten Abend, Walker. Ich brauche Sie heute nicht mehr, aber ich möchte, daß Sie morgen früh mit dem Wagen kommen.«

»Um wieviel Uhr, Madam?«

»Um halb neun.«

Walker war schon im Begriff aufzulegen, als er seinen Namen zu hören glaubte. Er preßte den Hörer wieder ans Ohr.

»Ja, Madam?«

»Ist Miss Rachel zu Hause, Walker?«

Walker schaute zu Rachel hinüber, die zu ahnen schien, worum es sich handelte, und den Kopf schüttelte. »Nein, Madam. Miss Rachel ist nicht nach Hause zurückgekehrt.«

»Danke, Walker.«

Die Verbindung wurde unterbrochen, und Walker legte auf.

»Du solltest zurückfahren«, sagte er.

»Ja, das werde ich. Auch wenn ich viel lieber hier bliebe. Verachtest du mich jetzt nicht mehr?«

Die Schuldgefühle waren zwar zurückgekehrt, aber er sagte: »Ich habe dich nie verachtet.«

»Aber du wolltest nichts mit mir zu tun haben, Paul! Ich dachte schon, du bist nicht normal. Zum Glück hatte ich mich geirrt...«

»Deine Mutter wird sich um dich Sorgen machen.«

»Und was ist mit dir? Willst du hierbleiben und abwarten, ob dir der Mörder noch einmal auflauert?«

»Ich werde die nötigen Vorkehrungen treffen.« Er zündete sich eine Zigarette an und fügte hinzu: »Jetzt besteht kein Zweifel mehr daran, daß der Unfall deines Bruders von einem Mörder arrangiert wurde.«

»Und weil du das herausgefunden hast, trachtet man nun dir nach dem Leben!« rief Rachel. »Paul, ich habe schreckliche Angst um dich. Warum sagst du Inspektor Asquith nicht die Wahrheit und bittest ihn um Unterstützung?«

Walker lächelte.

»Das habe ich schon getan«, beruhigte er sie.

»Und er hat alles kapiert?« fragte Rachel, die sich vor dem Spiegel kämmte und dabei Walker im Auge behielt.

»Asquith hat sowieso schon etwas geahnt und mich um eine Erklärung gebeten.«

Walker berichtete ihr von dem Gespräch in der ›Flamingo-Bar‹.

Das Motorgeräusch von Rachels Porsche verlor sich in der Ferne, und Walker kehrte in den Salon zurück, wo er den Schaden betrachtete, den die Schüsse angerichtet hatten. Neben dem Kamin war eine Lampe zu Boden gefallen und zerbrochen. Er schob sie mit dem Fuß weg und sah, daß ein Geschoß Rachels Tonbandgerät gestreift hatte und dahinter in die Wand eingeschlagen war. Neben dem Apparat lagen noch zwei zersplitterte Porzellantassen und Verputzstücke von der Wand.

Sämtliche Glasscheiben des Fensters neben dem Kamin waren ebenfalls zerbrochen. Walker hob einen heruntergefallenen Lautsprecher auf, den ebenfalls ein Geschoß durchschlagen hatte, und stellte ihn auf seinen Platz zurück.

In diesem Moment klingelte abermals das Telefon. Walker ging in die Halle.

Dann griff er nach dem Hörer ...

Sergeant Allen Craig hatte sich Lady Ann als einer von Sir Roderics Golfpartnern vorgestellt, und nun wunderte sie sich, daß er gar so lange blieb, obwohl er doch nicht zum engeren Freundeskreis des Toten gehörte.

Craig war seinerseits erleichtert, als Lady Ann die Aussegnungshalle verließ, wohl um zu Hause anzurufen. Als sie nach ein paar Minuten zurückkam, wandte sie sich an ihren Schwager, Maud, Peter und Atwood, und Craig konnte ohne weiteres verstehen, was sie sagte.

»Ich habe gerade mit Walker gesprochen und ihm gesagt, er soll morgen früh um halb neun hier sein. Rachel ist nicht zu Hause. Höchstwahrscheinlich ißt sie noch zu Abend.«

Craig enttäuschte das in ihn gesetzte Vertrauen nicht und erwies sich als versierter Psychologe. Der Ausdruck des Erstaunens auf dem Gesicht eines der Anwesenden entging ihm nicht.

Craig blieb aber noch, und so sah er, wie wenige Minuten später die betreffende Person hinausging.

Craig beschloß, sich gleichfalls zurückzuziehen. Er verabschiedete sich mit einer angedeuteten Verbeugung von den Anwesenden, begab sich in den Vorraum und schritt zum Ausgang.

Als er an dem öffentlichen Telefon vorbeikam, legte die verdächtige Person gerade den Hörer auf.

*

Als sich am anderen Ende der Leitung niemand meldete, sagte Walker: »Hallo?«

Keine Antwort.

»Hallo?« wiederholte er, während ihm einfiel, daß seine Waffe leergeschossen war. Und noch einmal: »Hallo? Hier bei Sir Roderic Slaughter.«

Am anderen Ende der Leitung wurde aufgelegt.

Walker löschte das Licht und eilte die Treppe hinauf in sein Zimmer. Dort füllte er das Magazin seiner Waffe mit neuen Patronen, und das Gefühl der Sicherheit kehrte zurück, das ihn unten am Telefon verlassen hatte. Dann zog er sich um und ließ sich dabei Zeit. Die Kleidung, die er wählte, waren Pyjama und Schlafrock.

Als er das Zimmer verlassen wollte, hörte Walker – wie schon früher ein paarmal – auf dem Gang draußen knarrende Schritte...

Die Person, die ihr Erstaunen nicht hatte verhehlen können, sah, wie Rachel ihren Porsche auf dem kleinen Parkplatz neben der Kirche abstellte. Im Schatten neben dem Eingang verborgen, wartete die Person ab, bis Rachel die Aussegnungshalle betreten hatte.

Dann ging sie zu dem Porsche hinüber und stieg ein. Rachel hatte, wie es ihre Gewohnheit war, den Zündschlüssel stecken lassen.

Die Person lockerte die Handbremse und ließ den Wagen auf dem abschüssigen Terrain langsam anrollen. Erst später, in einiger Entfernung von der Kirche, ließ sie den Motor an und trat das Gaspedal voll durch. Das Ziel: Saint Cross Mansion.

Geräuschlos drehte Walker zweimal den Zimmertürschlüssel im Schloß herum. Dann öffnete er so leise wie möglich das Fenster. Der Regen schlug ihm ins Gesicht. Er blickte die Fassade des alten Gebäudes hinunter in den Garten, bevor er begann, an der Traufe hinunterzuklettern.

Als Walker schließlich das Gras unter den Füßen spürte, war er völlig durchnäßt. Er nahm die Waffe in die Hand. Das Fenster, dessen Glasscheiben zertrümmert waren, ließ sich mühelos öffnen. Walker kletterte über den Sims und verschwand in der Dunkelheit des Salons.

Dann ging das Licht an, und Walker stand der Person gegenüber, die nicht hatte glauben wollen, daß er noch am Leben war. Jeder von beiden zielte auf den anderen mit einer Pistole.

»Endlich, Walker!« rief George Slaughter. »Dazu gehört schon unverschämtes Glück, trotz Versagen der Bremsen mit dem Leben davonzukommen. Andernfalls hätte die Gerechtigkeit schon ihren Lauf genommen. Jetzt sieht die Sache natürlich anders aus...«

Keiner von beiden steckte die Waffe ein, aber keiner wagte auch, abzudrücken – aus Angst, das Ziel zu verfehlen und selbst getroffen zu werden.

»Das Testament spricht seine eigene Sprache und erklärt vieles«, sagte Walker.

»Zum Beispiel?«

»Ihre Zusammenarbeit mit Peter bei dem Versuch, den ersten Anwärter auf den Vorsitz in der Firma auszuschalten...«

»Was ist mit Ihnen los, Walker? Erzählen Sie mir hier einen Kriminalroman?«

»Und daß Sie Ihren Bruder erpreßt haben, ist das auch ein Roman? Unterkunft und Verpflegung im Austausch gegen Ihr Schweigen über den dunklen Punkt in Sir Roderics Vergangenheit... Jene Frau im New Yorker Elendsquartier, die ihm einen Sohn gebar, die er mit einer monatlichen Unterstützung abspeiste – zu viel zum Sterben, zu wenig zum Leben... Jene Frau –«

»Ihre Mutter, Walker«, unterbrach ihn George, zog eine Fotografie heraus und warf sie ihm zu. »Ihre Mutter, deren Schicksal zu rächen Sie sich geschworen haben. Ihr Gesicht,

Walker, ist mir schon immer irgendwie bekannt vorgekommen... Diese Fotografie hat mir gezeigt, warum!« Walker wagte nicht, das Bild anzusehen, denn die Waffe des anderen war immer noch auf ihn gerichtet. Aber George beschrieb es ihm. »Sie zeigt meinen Bruder, Ihre Mutter und mich in New York im Jahr achtunddreißig... Heute morgen wußte ich schon, wer Sie sind. Ich machte Andeutungen über meinen Bruder und Ihre Mutter, aber Sie ließen keinerlei Reaktion erkennen.«

»Und was hat das damit zu tun, daß Sie Sir Roderic erpreßt haben?«

»Ihren Vater, Walker«, betonte George. »Ich bin ihr Onkel, und Sie sind mein Neffe... Komisch, nicht? Und natürlich sind Sie Rachels Halbbruder. Grund genug, sich ihren leidenschaftlichen Annäherungen zu widersetzen, stimmt's? Ich habe euer Zusammentreffen hier im Salon belauscht, vor zwei Nächten...«

»Was hat das damit zu tun, daß Sie Ihren Bruder erpreßt haben?« wiederholte Walker. »Was hat das damit zu tun, daß Sie zusammen mit Ihrem Sohn Peter William Slaughter beseitigt haben?«

»Was sollen diese Ablenkungsmanöver, Walker? Ja, es stimmt, mein Bruder war ein Schuft, und ich habe davon profitiert, daß ich den Mund gehalten habe. Aber Williams Tod? Nein, Walker. Den haben weder ich noch Peter auf dem Gewissen, sondern Sie! Ich weiß nicht, wie, aber Sie haben jenen tödlichen Unfall inszeniert! Warum verdrehen Sie die Tatsachen? Was wollen Sie dadurch gewinnen?«

Jetzt lächelte Walker. Es war eher ein Grinsen.

»Alles spricht gegen Sie, Onkel«, sagte er mit eiskaltem Spott. »Oder glauben Sie, ich hätte bis jetzt geschlafen, ich hätte Sie nicht erwartet, ich hätte nicht meine Vorkehrungen getroffen, um aus diesem Spiel als Sieger hervorzugehen? Inspektor Asquith weiß jetzt, wer dafür gesorgt hat, daß heute abend die

Bremsen des Wagens versagten. Sein Verdacht gegen Sie und Peter ist nicht mehr aus der Welt zu schaffen. Einer seiner Beamten hat sich unter die Trauergäste gemischt, um festzustellen, wer darüber erstaunt sein würde, daß ich noch lebe... Und Sie haben nichts davon gemerkt? Asquith hat jetzt genug Beweismaterial gegen Sie und Peter in der Hand.«

»Davon bin ich ganz und gar nicht überzeugt.«

»Aber ich bin überzeugt, daß alles so enden wird, wie ich es geplant habe, und zwar noch bevor Asquith hier eintrifft.«

»Ich verstehe nur eines nicht: Warum Sie William getötet haben, da doch Roderic das Ziel Ihrer Rache war, da doch William nichts mit dem Schicksal Ihrer Mutter zu tun hatte...«

Walker lächelte nachsichtig.

»Ich sehe keinen Grund, Sie im unklaren zu lassen«, sagte er. »Wenn der Inspektor kommt, ist alles vorbei. Also: In sämtlichen Überlegungen, die bisher angestellt wurden, gab es einen entscheidenden Fehler, den noch niemand berichtigt hat. Es stimmt, William hatte mit dem Elend meiner Mutter nichts zu tun. Ich hatte nie vor, die Familie Slaughter auszurotten. Meine Rache richtete sich allein gegen Sir Roderic, meinen Vater. Warum also hätte ich William töten sollen?«

»Das frage ich mich ja die ganze Zeit!« rief George.

»Weil ich keine andere Wahl hatte. Weil sich für mich keine andere Gelegenheit ergab, Dodson zu beseitigen, dessen Nachfolger als Butler ich unbedingt werden wollte!«

»Dodson also!«

»Dodson«, bestätigte Walker. »Auf ihn, auf seine Stellung innerhalb der Familie hatte ich es abgesehen. William starb nur zufällig, weil er Dodson in seinem Wagen mitgenommen hatte. Wie ich es gemacht habe? Nun, ich habe viel Zeit investiert. Ich habe meine Ferien nicht zufällig in Margate verbracht, wie Asquith zu glauben scheint. Ich habe mir ein bombensicheres Alibi verschafft...«

»Und die Aussagen des Handlungsreisenden und des Pförtners von Harper and Co.?«

Walker grinste abermals – vor Genugtuung darüber, wie sich alles zu seinen Gunsten entwickelt hatte.

»Da hatte ich wirklich mehr Glück als Verstand«, gab er zu. »Es war reiner Zufall, daß beide schworen, ein anderer Wagen sei dem von William gefolgt. Und alle wußten: Das konnte nur Peter gewesen sein! In Wirklichkeit kam Peter erst nach dem Unfall am Unfallort vorbei. Und die Aussage dieses Dulles, er habe nur zwei Rücklichter gesehen – weshalb ich an Peters Wagen herumbasteln mußte, um den Verdacht des Inspektors zu bestärken –, war absolut richtig! Er hat nur zwei Rücklichter gesehen!«

»Wie ist das möglich?« warf George ein.

»Es ist insofern möglich«, fuhr Walker fort, »als dem von William gesteuerten Wagen überhaupt kein anderer Wagen folgte, auch wenn Ihr Neffe in den letzten Sekunden seines Lebens diesen Eindruck haben mußte!«

»Mir scheint, Walker, Ihre Phantasie geht mit Ihnen durch.«

»Keineswegs. Ein kleiner technischer Trick, das ist alles. Ich nahm sämtliche akustischen Merkmale eines gefährlichen Überholvorgangs bei Höchstgeschwindigkeit auf Tonband auf, versteckte das Gerät im Kofferraum und schloß es an den Autolautsprecher und an die Lichtmaschine an. Als William den Zündschlüssel herumdrehte, begann auch das Tonbandgerät zu arbeiten... Den Zeitpunkt, wann die Geräusche einsetzen mußten, hatte ich mir vorher ausgerechnet... Wie gut, daß William den Butler regelmäßig an einem Samstag im Monat nach London fuhr!«

»Und die Scheinwerfer?« fragte George, der Walker nicht aus den Augen ließ und auf die Gelegenheit lauerte, einen Schuß abzufeuern.

»Das mit den Scheinwerfern war schwieriger, da ich sie mit dem Tonbandgerät synchronisieren mußte und nur zwei Stunden Zeit hatte, alles anzubringen – nämlich an jenem Abend, als William vor seiner Fahrt nach London noch einmal nach Hause gekommen war. Ich befestigte zwei speziell angefertigte und auf Metallröhren montierte Scheinwerfer so an der hinteren Stoßstange des Wagens, daß sie in Ruhestellung nicht zu sehen waren und sich während der Fahrt durch die Erschütterung langsam aufstellten, bis sie eine Position erreicht hatten, die garantierte, daß sie beim Aufflammen grell und blendend in den Rückspiegel strahlen würden. Dieser Vorgang war durch eine weitere Leitung mit dem Ablauf des Tonbandgeräts synchronisiert, so daß unmittelbar nach den akustischen Signalen auch der optische Vorgang ausgelöst wurde. Mit dieser Vorrichtung wollte ich einzig und allein William täuschen. Daß jemand wie Andrews oder Dulles den Unfall beobachten würde, diese Möglichkeit hatte ich nicht vorgesehen.«

»Eine Angelegenheit von teuflischer Raffinesse!« meinte George Slaughter. »Und alles klappte wie am Schnürchen ... Jetzt verstehe ich, warum der Pförtner nur zwei Rücklichter gesehen hat: die von Williams Wagen!«

»Der Inspektor aber glaubt, Peter habe die Rücklichter seines Wagens außer Betrieb gesetzt und sei seinem Vetter gefolgt!«

»Wenn Sie jedoch von Anfang an Roderic mit Ihrem tödlichen Haß verfolgten, warum haben Sie ihn dann nach seinem Anfall gerettet?«

»Aus zwei Gründen. Erstens ließ mich das noch unschuldiger erscheinen. Zweitens bewahrte ich ihn nur vor einem natürlichen Tod, um ihn nachher um so gezielter töten zu können.«

»Sie haben ihn getötet? Aber Roderic –«

»Er war ein schwerkranker Mann. Sein Tod wirkte ganz natürlich. In Wirklichkeit injizierte ich ihm ein paar Kubikmillimeter einer öligen Substanz, die in seinem Gehirn eine sogenannte Fettembolie verursachte. Sie ähnelt in ihren Auswirkungen einer Thrombose, und mit einer solchen war ohnehin zu rechnen.«

»Unglaublich!« rief George. »Weiß Gott, Walker, Sie sind tatsächlich Rodericks Sohn. Sie haben alles geerbt, was schlecht an ihm war, seine Rachsucht eingeschlossen... Aber irgendeinen Fehler werden auch Sie gemacht haben, Walker, und der wird Sie verraten, wenn Sie es am wenigsten erwarten.«

»Irrtum«, versicherte Walker. »Ich mache keine Fehler. Rachel selbst wird bezeugen, daß heute abend ein Mordanschlag auf mich verübt wurde.« Ohne George aus den Augen zu lassen oder die Waffe von ihm abzuwenden, deutete Walker mit dem Daumen zum Kamin. »Ich habe nun mal eine Vorliebe für Tonbandgeräte. Und für diesen Trick stand mir sogar eine Stereoanlage zur Verfügung! Nachdem Rachel mich angerufen hatte, kam mir die Idee. Ich nahm eine wilde Szene mit Schüssen und zersplitterndem Glas und Porzellan und allem Drumherum auf. Einziger Darsteller war ich selbst. Als Rachel kam, sorgte ich dafür, daß sie nicht einmal einen Blick in den Salon werfen konnte. Ich erfand sogleich eine Gestalt am Fenster, löschte das Licht und setzte die Stereoanlage in Betrieb. Die Szene rollte ab, bis zum Geräusch des sich entfernenden Wagens am Ende... Alles war ungemein realistisch!«

»Rachel hat immer behauptet, wir lebten hier in einem Dschungel. Jetzt glaube ich es selbst. Ann ist die einzige Ausnahme. Sie verdient die Freiheit...«

»Sie soll sie haben«, sagte Walker. »Sie trifft keine Schuld an den Leiden meiner Mutter, die mir erst in ihrer Todesstunde gestand, mein Vater sei nicht im Krieg gefallen, sondern noch am Leben... Ich hatte geschuftet wie ein Sklave, um uns zu ernähren und Medizin studieren zu können. Dann ging ich nach Südafrika, wo ich als Verlagslektor arbeitete. Und schließlich fand ich, der Moment sei gekommen, mit Sir Roderic abzurechnen...«

»Und Sie glauben, das alles wird gut für Sie ausgehen?«

»Das glaube ich felsenfest, Onkel.«

Jetzt brach sich die Wahrheit allmählich Bahn und entlarvte

Walker als den kalten, berechnenden, zynischen Menschen, der er wirklich war.

In diesem Moment schrillte abermals das Telefon. Beide, Sir George und Walker, zuckten zusammen.

George war einen Schritt zurückgewichen, vielleicht in der Hoffnung, die Halle zu erreichen, da schoß Walker dreimal und traf ihn in die Brust.

Vielleicht war es ein Reflex, vielleicht war es seine letzte bewußte Handlung: Auch George Slaughter drückte ab, mehrmals hintereinander, bis das Magazin leer war. Er traf Walker, als dieser gerade zum Telefon eilen wollte.

Dann sank Sir George neben dem Türrahmen nieder und blieb in grotesker Haltung auf dem Teppich sitzen, das eine Bein angewinkelt, das andere ausgestreckt, während sein Kopf langsam nach hinten wegrutschte.

Walker spürte, wie die Geschosse seinen Körper durchschlugen, er schwankte, vornübergebeugt, ließ die Pistole fallen und streckte den Arm aus, so als hänge das Telefon vor ihm in der Luft und er müßte es unbedingt erreichen.

Er machte noch zwei, drei Schritte, klammerte sich an der Sofalehne fest und warf einen Blick zurück ...

Trrr-trrr, trrr-trrr, trrr-trrr.

Walker sah das Tonbandgerät, die Spule mit seiner Aufnahme war noch aufgelegt, die Spule, die er hatte vernichten wollen, als er von George überrascht worden war ...

Die Umrisse des Apparates verschwammen, schienen hinter einer dichten weißen Wolke zu verschwinden; alles verschwand hinter diesem leeren Nichts, das vor Walkers Gesichtsfeld auftauchte.

Trrr-trrr.

Das war das letzte, was er hörte.

Und der Tonbandspule galt sein letzter Gedanke.

Gegenüber an der Tür saß George Slaughter, und seine weitaufgerissenen, starren Augen schienen zu funkeln, als verfolge er mit Genugtuung eine Szene, die er in Wirklichkeit längst nicht mehr sehen konnte.

Walker fiel aufs Sofa. Die Berührung der Kissen spürte er schon nicht mehr.

Einsamkeit und Stille war zurückgekehrt in dieser stürmischen Nacht.

Inspektor John Asquith legte den Hörer auf und schaute Rachel an, die vor seinem Schreibtisch saß. Dann nahm er mit Sergeant Allen Craig über die Sprechanlage Verbindung auf.

»Lassen Sie Peter Slaughter von zwei Leuten festnehmen«, befahl er. »Und lassen Sie den Wagen bereitstellen, wir fahren sofort nach Saint Cross Mansion. Walker hat sich am Telefon nicht gemeldet, und ich hege die schlimmsten Befürchtungen. Sir George ist nicht mehr zur Trauerversammlung zurückgekehrt, und Miss Slaughters Wagen ist vom Parkplatz verschwunden.« Er nahm die Hand von der Taste der Sprechanlage und wandte sich wieder an Rachel: »Gehen wir, Miss Slaughter?«

Rachel stand auf. Der Inspektor folgte ihrem Beispiel.

Draußen regnete es noch immer. Rachel ahnte nichts Gutes.

EPILOG

Früher oder später wird Rachel die Tonbandaufnahme hören, die zu zerstören Walker nicht mehr vergönnt war. Bestimmt wird ihr auffallen, daß auf dieser Aufnahme die Standuhr in der Halle achtmal schlägt, obwohl es doch schon neun Uhr vorbei war. Bestimmt wird Inspektor Asquith die Fotografie finden, die irgendwo auf dem Boden liegt, und Harman Atwood wird ihm Auskunft geben können über die Frau, die darauf abgebildet ist, diese Frau, die Walker so ähnlich sah ...

Ich heiße Paul Walker. Ich habe Medizin studiert. Nun will ich versuchen, dieses Buch zu veröffentlichen. Ich habe darin meine Erfahrungen ausgewertet, die ich als Butler einer Familie an der Küste von Kent gemacht habe. Die Familie ähnelt der von mir beschriebenen, nur die Namen habe ich geändert. Im übrigen verlief alles sehr friedlich. Keinerlei dramatische Ereignisse waren zu verzeichnen.

Und das ist alles.

Nein, noch etwas: Vor einer Woche habe ich Rachel geheiratet. Unsere Flitterwochen verbringen wir in Margate. Heute abend versagten die Bremsen unseres Wagens ... Wie durch ein Wunder kam er am Rande des Abgrunds zum Stehen. Welch ein Erlebnis!

ENDE

Beachten Sie bitte die folgenden Seiten. Der dort angegebene Preis entspricht dem Stand vom Frühjahr 1972 und kann sich nach wirtschaftlichen Notwendigkeiten ändern.

Goldmann Taschen KRIMI

**Sidney H. Courtier
Kein Denkmal für Emily**

160 Seiten. Band 4044. DM 3.–

Dreizehn Jahre sind vergangen, seit Emily Laugal, Gutsherrin und Wohltäterin, spurlos verschwand. Da erhält ihr Neffe Tim den Hinweis, in einer verborgenen Grotte nach den sterblichen Überresten Tante Emilys zu suchen. Und als er begreift, in welche gefährlichen Geheimnisse er da sorglos seine Nase steckt, ist es bereits zu spät ...

**Jack Higgins
Kerzen für die Toten**

160 Seiten. Band 4045. DM 3.–

Sean Rogan ist ein starker, gutmütiger Kerl. Sein Kampf für die irische Freiheitsbewegung hat ihn hinter Gitter gebracht. Aber dann gelingt ihm die Flucht, und er muß erkennen, daß er damit tiefer in kriminelle Kreise geraten ist, als er es ahnen konnte ...

**Ngaio Marsh
Ein Schuß im Theater**

160 Seiten. Band 4046. DM 3.–

Auf der Bühne des Londoner ›Unicorn‹-Theaters spielt man die letzte Szene eines neuen Kriminalstücks. Ein Pistolenlauf richtet sich auf den Mörder ... Und dann der Schuß! Meisterhaft, wie der Schauspieler Surbonadier zusammenbricht! Vorhang. Kriminalinspektor Alleyn weiß: Dieser Mord war nicht gespielt ...

WILHELM GOLDMANN VERLAG MÜNCHEN

Goldmann Taschen KRIMI

Agatha Christie
Monsieur P. ist neugierig

160 Seiten. Band 4047. DM 3.–

Die Arbeiten des Herkules müßten wieder erstehen, denkt sich der Privatdetektiv Hercule Poirot. Ehe er sich endgültig zur Ruhe setzte, würde er zwölf Fälle übernehmen – und alle zwölf sollten in Beziehung zu den zwölf Arbeiten des antiken Herkules stehen...

Rex Stout
Vor Mitternacht

192 Seiten. Band 4048. DM 3.–

Millionen von Amerikanern beteiligen sich an dem Preisausschreiben der Parfümfirma ›Pour Amour‹. Erster Preis: eine halbe Million Dollar! Nur einer kennt die Antworten auf die Preisfragen: der Erfinder des Rätselspiels. Und der wird vor der Endrunde ermordet! Privatdetektiv Nero Wolfe soll den Mörder finden.

Richard Neely
Du bist Marriott

160 Seiten. Band 4049. DM 3.–

Dan Marriott kann sich an nichts mehr erinnern, was vor seinem Verkehrsunfall liegt. Die hübsche Frau, die behauptet, mit ihm verheiratet zu sein – es ist ihm, als sehe er sie zum erstenmal. Aber dann tauchen Zeugen der Vergangenheit auf – Zeugen, die behaupten, seine Frau wollte ihn ermorden. Ein Toter bestärkt Marriotts Verdacht...

WILHELM GOLDMANN VERLAG MÜNCHEN

Goldmann Taschen KRIMI

John Morgan
Held auf Abschußliste

160 Seiten. Band 4050. DM 3.–

Überall auf seiner Vortragsreise durch die USA gab es Drohbriefe für den Schriftsteller Geoffrey Mayhew. Nur nicht in Moreston, einer kleinen Stadt in Pennsylvania. Und doch wartet gerade hier ein Mörder auf Mayhew – und die Polizei ist ebenso machtlos wie das FBI. Denn der Mörder tötet aus dem Hinterhalt...

F. R. Lockridge
Lautlos wie ein Pfeil

160 Seiten. Band 4051. DM 3.–

Zu verkaufen: Brautkleid, ungebraucht. Mit journalistischem Spürsinn vermutet der Herausgeber des ›Citizen‹ eine menschliche Tragödie hinter der unscheinbaren Annonce. Und Inspektor Heimrich, der den Tod der Braut näher beleuchtet, tippt sogar auf Mord...

Francis Durbridge
Paul Temple – Banküberfall in Harkdale

144 Seiten. Band 4052. DM 3.–

Es war kein gewöhnlicher Banküberfall: Die Beute betrug 42000 Pfund, ein Polizeibeamter verlor sein Leben, und die Räuber wurden gleich nach der Tat geschnappt. Aber die Tasche, in der das Geld sein sollte, war leer. Und in der Garage des Kriminalschriftstellers Paul Temple befand sich statt des Autos einer der Gangster – tot...

WILHELM GOLDMANN VERLAG MÜNCHEN

Goldmann Taschen KRIMI

Winfred Van Atta
Der Tod zieht Bilanz

192 Seiten. Band 4053. DM 3.–

Am Ortseingang von Brockport, Illinois, steht auf einem Schild: ›Ein hübscher Ort zum Leben und zum Sterben‹. Für Lawrence Brackett, den Chef einer New Yorker Public-Relations-Firma, kommt vor allem letzteres in Frage. In seinem Brief aus Brockport heißt es nämlich: ›Man wird mich ermorden . . .‹

Agatha Christie
Abschiedsvorstellung für Monsieur P.

160 Seiten. Band 4054. DM 3.–

Hercule Poirot ist wieder einmal ein Opfer seiner Neugier. Er will wissen, ob es ihm gelingt, seine letzten Fälle in Beziehung zu den zwölf Arbeiten des antiken Herkules zu setzen. Und er hat Glück . . . Natürlich geht es wieder um außergewöhnliche Verbrechen!

Ellery Queen
Detektive entführt

160 Seiten. Band 4055. DM 3.–

Einer der mächtigsten Männer der Erde, der Waffenmagnat ›King‹ Bendigo, entführt den Kriminalschriftsteller Ellery Queen zum Hauptsitz seines Imperiums – auf eine unbekannte Insel im Atlantik. Ellery Queen soll den Mächtigen schützen. Bendigo erhält nämlich seit einiger Zeit Drohbriefe, die er nicht ohne Grund ernst nimmt . . .

WILHELM GOLDMANN VERLAG MÜNCHEN

Goldmann Taschen KRIMI

**Rex Stout
Das zweite Geständnis**

208 Seiten. Band 4056. DM 3.–

Für Geld übernimmt der Privatdetektiv Nero Wolfe sogar die undankbare Aufgabe, einer Millionärstochter den Zukünftigen auszureden – für viel Geld, versteht sich! Als ihm ein geheimnisvoller Anrufer rät, die Finger von der Sache zu lassen, ist sein Interesse geweckt.

**Hamilton Jobson
Der stumme Schrei**

160 Seiten. Band 4057. DM 3.–

Henry Konrath und sein Freund Beamish machen Ferien in Cornwall. Konrath beobachtet, wie ein Mann von den Klippen gestoßen wird – aber die Polizei will nicht glauben, daß es sich um Mord handelt. Bis die beiden Freunde in einen Unfall verwickelt werden, bei dem Beamish den Tod findet...

**F. R. Lockridge
Ein Landhaus in New Jersey**

160 Seiten. Band 4058. DM 3.–

Wenn man als Gangster eine junge Frau gekidnappt hat, ist es ein großer Fehler, mit ihr von New York nach New Jersey zu fliehen – denn dann hat man das FBI auf dem Hals. Die größte Dummheit aber ist es, sich ausgerechnet Dorian, die Frau des Kriminalinspektors Bill Weigand, als Opfer auszusuchen...

WILHELM GOLDMANN VERLAG MÜNCHEN

Goldmann Taschen KRIMI

**Frank Gruber
Der etruskische Stier**

160 Seiten. Band 4059. DM 3.–

Welches Geheimnis steckt hinter der Steinfigur eines etruskischen Stiers? Der Privatdetektiv Tom Logan glaubt, die Lösung des Rätsels in Chiusi, einem kleinen Dorf in Italien, zu finden. Aber dann stellt sich heraus, daß Archäologen, Gangster, Regierungsbeamte und – Mörder Jagd auf die Skulptur und ihren Besitzer machen ...

**Leslie P. Davies
Ein perfekter Gentleman**

176 Seiten. Band 4060. DM 3.–

Axel Champlee, der kühle, höfliche Herrscher über ein mächtiges britisches Industrie-Imperium, gerät völlig außer sich, als er feststellt: Seine Frau und sein Schwager haben einen teuflischen Plan gegen ihn ausgeheckt! Er verliert den Verstand und lebt in einer fremden Welt. »Du mußt töten«, sagt seine innere Stimme ...

**Anthony Gilbert
Schlange am Busen**

160 Seiten. Band 4061. DM 3.–

Der total verrückte, blitzgescheite Londoner Anwalt Arthur Crook ist völlig aus dem Häuschen: Die junge, attraktive Hatty Cobb soll einen – oder sogar zwei Morde begangen haben! In seiner unkonventionellen Weise vertieft er sich in den Fall und präsentiert zur allgemeinen Verblüffung den echten Täter ...

WILHELM GOLDMANN VERLAG MÜNCHEN

Goldmann Taschen KRIMI

**Rex Stout
Die Champagnerparty**

160 Seiten. Band 4062. DM 3.–

Auf einer Party in New York wird vor zwölf Augenzeugen die hübsche, junge und leichtsinnige Faith Usher ermordet. Das heißt, alle Gäste sind der Ansicht, Faith hat Selbstmord begangen. Nur Archie Goodwin läßt sich nicht so einfach abspeisen. Zusammen mit seinem Chef, dem Privatdetektiv Nero Wolfe, treibt er den Mörder in die Enge ...

**Neill Graham
Schweigegeld für Liebesbriefe**

160 Seiten. Band 4063. DM 3.–

Der Privatdetektiv Solo Malcolm ist einem gemeinen Erpresser auf die Schliche gekommen, der die Angst einer jungen Frau schamlos ausnützt. Doch als Solo seine guten Beziehungen zur Londoner Unterwelt spielen läßt, gibt es gleich zwei Tote: Der erste ist Solos Informant, der zweite der vermeintliche Erpresser ...

**Robert Clarke
Die Mafia hat tausend Ohren**

160 Seiten. Band 4064. DM 3.–

Ein Jahr lang galt der Bankdirektor Daniel Yerrington als verschwunden – mit ihm eine Million Dollar! Dann taucht Yerrington wieder auf. Aber jemand hat dafür gesorgt, daß er nicht mehr verraten kann, wo die Dollars hingekommen sind ...

WILHELM GOLDMANN VERLAG MÜNCHEN

Goldmann Taschen KRIMI

Patrick Quinn
Blick hinter die Maske

160 Seiten. Band 4065. DM 3.–

Alles sollte genau nach Plan verlaufen. Aber dann stellte sich Julie Anderton den Bankräubern in den Weg und wurde brutal niedergeknallt – zusammen mit ihrer kleinen Tochter Jane. Von da an heftet sich ein Mann den Gangstern an die Fersen, der noch gefährlicher ist als die Polizei: Raymond Anderton, der Vater der kleinen Jane...

Roy Stratton
Drei Kreuze mit Lippenstift

160 Seiten. Band 4066. DM 3.–

Larry Stone, der berühmte Anwalt, braucht die Hilfe der Staatspolizei: Man hat sein achtjähriges Töchterchen gekidnappt! Nur zu leicht ist die Spur zu verfolgen. Aber dort, wo die Beamten die Kleine vermuten, finden sie nur ihren Entführer – ermordet...

Amber Dean
Antiquitäten und Mord

160 Seiten. Band 4067. DM 3.–

»Ich hab' das Geschäft ruiniert«, schluchzt die Frau des Antiquitätenhändlers Millard. Sie hat eine teure Truhe angekauft, die sich als gestohlen erweist. Millard öffnet die Truhe und entdeckt – einen Toten...

WILHELM GOLDMANN VERLAG MÜNCHEN